동남문학
스무 번째 이야기

그림자 놀이

동남문학회 지음

그림자놀이

초판 발행 2019년 12월 6일
지은이 동남문학회

펴낸이 안창현 **펴낸곳** 코드미디어
북 디자인 Micky Ahn **교정 교열** 오재령
등록 2001년 3월 7일
등록번호 제 25100-2001-5호
주소 서울시 은평구 갈현로 318-1 1F
전화 02-6326-1402 **팩스** 02-388-1302
전자우편 codmedia@codmedia.com

ISBN 979-11-89690-23-6 03810

정가 10,000원

그림자 놀이

동남문학 스무 번째 이야기

동남문학회 지음

20년 유구한 역사의 이정표를 기점으로

가끔 구름이 하늘을 열고 물을 뿌립니다. 메말랐던 땅이 촉촉이 젖고 높은 산 넓은 들이 용트림하며 기지개를 폅니다. 숲 깊은 가슴 골짜기 샘이 흐르고 크고 작은 물고기들이 뛰어놉니다. 온갖 새들이 하늘을 날고 있습니다. 문학은 바로 이와 같은 자연 현상의 품에서 존재합니다. 오늘도 지저귀는 저 새들의 노래가 우리 모두를 문학이라는 공통의 과제로 모아 이 자리에 서게 했다고 생각합니다.

2019년 동남문학회는 창립20주년을 맞이하고 있습니다. 그간 수많은 회원들이 동남의 일원으로 문학의 밭을 경작하여 각기 활발한 문학 활동을 하고 있습니다. 20년의 시간을 함께한 선후배 동인들의 얼굴이 그려집니다. 한국문단의 시인이며, 수필가로 굳건히 서 있는 모습이 자랑스럽습니다. 시냇물 위에 반짝이는 햇살처럼 유유한 흐름으로 지켜온 '동남문학'의 역사는 한국 동인 문단사에 기록될 아름다운 꽃입니다.

최선을 다한 우리 모두의 문학 열정이 이룩한 결과입니다. 고귀한 영혼의 울림으로 하나가 되었던 '동남문학' 동인 여러분! 동남보건대학 솔향기 가득한 교정에 모여 지난 이야기 따뜻하게 나누었으면 좋겠습니다. 2020년 새해를 맞이하여 새 역사를 시작하게 될 우리의 동남문학은 명예로운 전통을 이어 더욱 유장하게 흘러갈 것입니다. 20년 유구한 역사의 이정표를 기점으로 2019년 말미에서 숙연한 마음으로 다짐합니다.

동남문학회 회장 원경상

아름답던, 밑그림을 그리던 우리의 행보

지연희(시인, 수필가)

2019년 동남문학회는 동인지 20호를 발간하고 동남보건대학 평생교육원 문예창작과정 수업 20년이라는 바람 같은 시간의 흔적을 돌아보고 있다. 순간인 듯 지나가 버린 시간 속에는 함께했던 사람과(동남인들) 그들의 작품들이 혜성처럼 스쳐지나고 있다. 지금도 문학 열정이 가득했던 회원들이 강의실 이곳저곳에 앉아 있는 듯 감회가 새롭다. 함박눈 무수히 내리는 강의실 밖 풍경에 취해 수업을 내려놓고 광교산 기슭으로 달려가던 객기의 날들이며, 수업이 끝나기 무섭게 서해바다로 달려가 해풍에 전신을 내어주던 호기를 '우리는 시인이니까, 수필가이니까' 하며 아름다운 자연 속에서 하나가 되곤 했다.

서해바다를 향해 몇 대의 승용차에 나누어 탄 동남문학인들의 가슴에는 저마다 알 수 없는 의욕으로 부풀어 있었다. 마치 만선의 고깃배를 꿈꾸는 어부처럼 활기로 가득했다. 누가 말하지 않아도 글감을 엮고, 서해의 일몰이며 갯바람을 원고지 위에 싣고는 했었다. 자연이 주는 행복은 도심의 온갖 오염된 사고를 정화하는 묘약이다. 한 편의 시로 한 편의 수필로 밑그림을 그리던 우리의 행보는 해가 저물기까지 이어지는 날도 다반사였다. 푸시킨의 시구처럼 지나간 것은 모두 아름답다고 한다면 우리는 그 아름다움을 기록하기 위해 그토록 많은 시간들을 탐하였던 모양이다.

해마다 도예전, 시화전, 흉상전시, 옛 생활용품전시, 연극 등이 공연되고 학교 강당 해운관에서 10여 년 넘게 이어지던 행사에는 총장님, 수원시장님, 국회위원, 가족 친지들이 함께하던 시절이었다. 수원시청에서도 인정하던 동남문학의 역사는 그 푸른 청년기의 패기가 지나 다소는 아쉽기도 하지만, 이제 성숙한 문학작품의 성장을 향한 변화의 면모도 자랑스럽다. 수원시의 문학 속에는 동남문학회의 튼실한 지류가 흐르고 있어 가끔 자랑스러울 때가 있다. 지역문학회에 기여할 수 있는 동남인의 문학 성장은 한국문단의 역량이 되는 일인 까닭이다. 이제 동남문학회는 보다 더 진중하게 작품의 성장에 혼신을 다해야 하는 새로운 소명이 주어졌다고 생각한다. 그간 함께 해준 회원 모두에게 깊은 감사를 드린다.

Contents

Contents

전영구

무작정 기다리는 여유를 지녀야

마음이 맑아진다는데

늘 탁한 가슴은 왜인지…

알면서도…

+ 시 작품 | 난향 | 나비잠 | 시린 이별 | 암전 | ING

P R O F I L E

충남 아산 출생. 『문학시대』 시 부문 신인상 당선 등단. 『월간문학』 수필 부문 신인상 당선 등단. 한국문인협회 감사 역임. 사) 한국수필가협회 회원. 가톨릭 문인회 회원. 대표에세이 문학회 회원. 경기시인협회 이사. 경기 수필가협회 편집위원. 문파문인협회 회원 저서 : 시집 『후에』 외 5권, 수필집 『뒤 돌아 보면』. 수상 : 문파 문학상, 한국수필 올해의 작가상 , 수원 문학인상, 백봉 문학상, 경기 한국수필협회 작품상, 경기 시인상.

난향

메마른 돌 틈
시간은 깨어나도
필 기미가 없이 움츠린 봉오리
간절한 눈빛의 총애 받고
만개를 기다리는 소소한 것…들

우아함을 품고 있어도
시선 떠난 무심함에
소생조차 버거워 몸부림치다
가는 모가지 곧추세운
소심한 반란의 서막…뿐

봄 향은 봄에 피고
가을 향은 가을에 핀다는 궤변에
핏대 세운 한마디
내 입김이 진정 蘭香이란 말이오.

목하
절절한 삶을 부추기는…중

나비잠

각혈하듯 내뱉은 푸념조차 사라진
낮의 그림자 지우고 누운 밤
동공이 떨다 멈춘 어둠 속엔
나약한 하루가 매달려있다

누군, 새근한 잠에 들어 안식하는데
가슴에 새긴 주문을 읊조리다 지쳐
속절없이 까브러진 육신만
희미한 서정 속을 헤매고 있다

애써 낮 빛을 거두고 잠을 청하니
실체 없는 숨결이 가빠지고
치유 없는 혼돈이 가증스러울 만큼
어둠에 은둔 중인 눈동자를 채근한다

나비잠만은 못해도
그리 자려 한다

시린 이별

굳게 닫힌 빗장 풀어
천상 아름답다는
꽃이 지는 소리를 듣자니
가슴속엔 온통
희열이 발산하는 비명만이 들린다

선한 다스림으로 가슴을 열어
달빛보다 감동이라는
꽃빛을 담으려 하니
눈 시린 시월 낮빛이
메마른 눈물샘을 자극한다

누구는 복에 겨워 환희를 누리는데
박복한 마음속엔
마른 꽃잎만 가득 흩날린다

그대를 보내고 난 날은
더욱 그렇다

전영구

암전

가까우면서도 비밀스런
느낌 없이도 눈물겨운
신비에 젖어도 하찮은, 그런

버림조차 헐뜯기고
존재조차 엉켜버려
숨결조차 미미해진, 그런

열기마저 사라진 폐허
미처 쓸어 담지 못한
후회로 얼룩진, 그런

빛 잃어 서러워도
어둠으로 다시 그릴
그런 사랑

ING

전시회처럼 진열된

회색 숲 사이로

삐뚤어진 심성이

풀다 만 물감같이 뭉그적거려도

뉘를 그리는지 몰라 포기한

현실을 읽지 못하는 문맹 같은

자신이 원망스럽거든

피카소의 그림을 보려 한다

20세기 사람 눈에 비친 혼란의 극치

찬사만큼이나 엉키는 감정

투명 인간으로 살 수는 없을까

애를 써 봐도

결국 타협에 더부살이하는

혼탁한 삶 ing

김태실

나는 햇살 한 입 베어 먹는다
이게 삶이지, 살갗에 앉는 따가운 햇살이 말한다

+ 시 작품 | 비눗방울 | 시간의 얼굴

+ 수필 작품 | 2019년 초여름

PROFILE

2004년 『한국문인』 수필 부문 등단. 2010년 계간 『문파』 시 부문 등단. 한국문인협회 이사. 국제 PEN클럽 한국본부 회원. 한국수필가협회 회원. 계간 『문파』 이사, 계간 『문파』 편집위원. 가톨릭 문인회 회원, 수원문인협회 회원, 동남문학회 고문. 수상 : 제3회 동남문학상, 제8회 한국문인상, 2013년 한국수필 올해의 작가상, 제7회 계간 『문파』상, 제34회 한국수필문학상, 제7회 월간문학 상. 저서: 시집 『그가 거기에』, 수필집 『기억의 숲』 『이 남자』 『그가 말 하네』.

비눗방울

빨대 끝에 매달린
한 방울
호--- 몸 불린다
입김에도 사랑이 있는지
맑고 투명하게 세상을 담는다
햇빛 들여 무지개 띄우고
방글 웃다가
물 폭죽 터트리며 사라지는

그리워 그리워서
자꾸 분다
불어도 불어도 꼭 그만큼
살면서 꾸는 꿈 크게 작게 키우다가
그쯤에서 물 폭죽 된 방울방울들
그게 삶이라고
그게 너라고 한다

김태실

시간의 얼굴

문을 밀고 한 발 내밀자
용광로처럼 달궈진 열기
생경한 듯 느리게 흐르는 풍경
나는 햇살 한 입 베어 먹는다
다시 밟을 수 없던 길
사람에 섞여 횡단보도를 건너는데
이게 삶이지, 살갗에 앉는
따가운 햇살이 말한다

빙판 위 스케이트 날처럼 회전하고
순간, 꽃잎 절반이 떨어져 나갔다
단숨에 수 십년지기가 되는 곳
스침, 우리 생에 풀어야 할 숙제를 마치고
그들이 말없이 떠난다
나도 잠시 머물다 자리를 비웠다

손 위에 놓인 시간을 들고

낯익은 현관을 들어선다.

다소곳 놓여 있는 신발 한 켤레

식탁 위 개운죽 푸른 팔로 마중한다

온몸 파고들어 숨 쉬는 생환

심장 박동에 섞인 네 글자를 생각한다

고스란히

2019년 초여름

　　행운을 잡았다. 일생에 몇 번 없을 행운이 운명처럼 찾아왔다. 무더기로 피어 있는 세잎클로버 속에 간간히 숨어 있는 네잎클로버가 특별한 기쁨을 주듯, 평범한 매일을 맞이하는 내게 기적처럼 다가온 특별함이다. 텅 비어 있던 집이 사람 향기로 가득하다. 살면서 이런 때가 몇 번이나 있을까. 가족이 모여 매일을 축제로 지내는 쉽지 않은 기회이다. 한 가정이 화목하면 이웃이 평안하고 나아가 사회의 평화에 기여하는 일이 아닐까. 생의 선물처럼 안긴 귀한 행운이 꽃핀 날이다.

　　미국에 살고 있는 큰딸이 한국의 친정을 방문했다. 사위와 손녀도 동행한 계획된 여행이다. 한국에 살고 있는 딸도 매일 친정으로 출근하며 조용하던 집은 순식간에 북적이기 시작했다. 3대가 함께 머무는 동안 어떻게 지낼 건지 프로그램을 짜놓고 기다린 만남이다. 미국인 사위와 손녀, 한국인 사위와 손녀는 거리감 없이 어울린다. 종족은 달라도 가족이란 이름이 허물없는 관계를 만들어 주고 있다.

　　화려한 축제의 서막을 알리는 것은 첫 식사이다. 생일을 맞았어도 제때 끓여주지 못한 미역국과 불고기 등 한국 음식을 차려 잔치를 열었다. 케익에 가족 모두를 위한 촛불도 밝혔다. 손녀들의 반짝이는 눈빛과 사위들의 친절한 언행, 딸들의 행복한 웃음이 어울려 꽃을 피운다. 한국어와 영어가 뒤섞인 말의 잔치다. 신선하고 향긋한 가족 모임이다.

한국을 방문하기 위해 휴가를 얻은 딸과 사위를 위해 우리는 무언가 해야 했다. 귀한 시간을 그냥 흘려보낼 수는 없다. 미국 샌디에이고에 살고 있는 가족과 한국에 사는 가족이 모두 모였으니 사진을 찍기로 했다. 짙은 색 청바지에 어썸(AWESOME)이라고 쓴 흰 티셔츠를 맞춰 입고 예약해 놓은 사진관으로 갔다. 사진가에 의해 꽂꽂이하듯 자리를 잡았고 가장 핵심에 노란색 원피스를 입은 두 손녀를 세웠다. 가족이 한 송이 꽃으로 피어났다. 대대로 이어질 가족 사진이 탄생했다.

일곱 살과 네 살짜리 손녀를 위해 에버랜드에 갔다. 이곳은 입구부터 아이들의 마음을 풍선처럼 부풀게 한다. 동화 궁전 같아서 어른도 동심의 세계에 빠져들게 한다. 사파리에서 맹수들과 친구가 되어 보고 갖가지 탈것을 타며 놀다 보면 환상적인 퍼레이드가 이어진다. 낮과 밤에 날마다 행해지는 퍼레이드는 낮은 낮대로 밤은 밤대로 현실을 잊게 만드는 행진이다. 구름 떼처럼 모여든 사람들 틈에 우리가 있다. 낯선 듯 낯설지 않은 그 시간 속에 비껴가는 세월의 얼굴을 본다. 손녀들의 기억에 오늘의 즐거움은 어떻게 저장될지 궁금하다.

캠핑을 갔다. 풀 빌라 캠핑장에는 아이들을 위한 장난감과 인형, 책이 진열되어 있고 넘어져도 다치지 않을 부드러운 소재의 미끄럼틀이 있다. 밖에는 야외 수영장과 수영장만 한 뜨거운 욕조 자쿠지가 있어 더운물과 찬물을 들락이며 피로를 풀 수 있게 되어 있다. 낮엔 물에서 놀고 밤엔 바비큐 그릴 화로대에 고기를 구워 먹으며 생경한 캠핑장의 즐거움을 만끽한다. 무엇보다 가족 모두가 함께하는 의미 있는 시간이기에 더없이 소중하다. 밤하늘의 달이 초여름 펜션의 가족 파티를 다정하게 비춰주고 있다.

『국제간호사 길라잡이-미국간호사』 저자인 큰딸은 한국에 머무는 동안 몇 군데 대학 강연이 잡혀있다. 자신의 모교 강연을 시작으로 전국의 대학을 다니며 바쁜 나날을 보낸다. 딸이 강연하기 위해 아침에 출발하면 둘째 딸과 나는 손녀들을 데리고 어린이 체험 현장을 간다. 서울대공원 기린 나라, 점핑파크, 수영장 등에서 놀며 쑥쑥 크는 아이들의 모습을 본다. 미국 사위도 한국 어린이 놀이공원을 살펴볼 기회가 주어졌다. 때론 사위들끼리 야구장에서 야구 관람을 하고 오기도 한다. 밤이면 모두 다 집에 모여 하루의 즐거움을 나누고 깊은 밤, 혹은 새벽에 잠자리에 든다. 눈코 뜰 새 없이 바쁜 하루를 체험하며 이런 시간은 내게 찾아온 행운의 때라고 믿는다.

한국의 유명한 맛집과 구경할 곳이 한두 군데가 아닌데, 미처 다 하지 못했는데 사위가 떠나야 할 날이 다가왔다. 그가 머무는 보름 동안 우리는 열심히 먹고 구경하고 놀았다. 사위 먼저 미국 샌디에이고로 돌아가면 딸은 보름 정도 더 머문다. 인천공항에서 사위를 배웅하는 날, 진한 인연이 느껴진다. 매일 한 집에서 먹고 자고 지낸 정이 뜨거운 가족애를 키웠다. 아내와 딸을 두고 먼저 출발해야 하는 사위의 마음이 아쉽겠지만 곧 다시 만나는 기대가 있기에 즐거운 떠남이 되리라. 우리는 깊은 포옹으로 그를 보냈다.

큰사위가 미국으로 떠나자 한국 사위가 힘이 없어 보였다. 형님이라 부르며 서로의 마음이 잘 통했는데 아쉬운 모양이다. 큰사위도 같은 마음이었다. 둘째 사위가 퇴근해서 집에 오면 큰사위 눈이 더욱 빛났고 힘이 나는 듯 보였다. 남다른 끌림이다. 같은 계통의 IT 직업이라 말이 통했고 날이 갈수록 서로 영어 실력과 한국어 실력이 늘던 중이었다. 사위들끼리 좋은 감정을 갖고 있다는 건 얼마나 좋은 일인가. 보는 것만으로도 아름다운 모습이다.

한 명은 미국에서 가정을 이뤘고 한 명은 한국에서 가정을 이뤘다. 자식을 낳아 기르며 스스로의 일에 충실한 두 딸이 고맙다. 아름다운 계절에 멋진 축제를 계획하고 실행해줘서 더욱 고맙다. 각자의 집으로 돌아가 하루하루 바쁘게 살아가겠지만 나는 거실에서 매일 그들을 만난다. 가로 142cm 세로 80cm의 대형 사진 속에서 활짝 웃는 딸과 사위, 손녀들을 본다. 이런 행운이 또 있을까. 2019년 초여름, 가족이 함께 지낸 시간은 소중한 기억으로 남았다. 즐거운 행복은 내 가슴에 깊숙이 새겨졌다.

자식은 희망이다. 폭풍우 몰아치고 폭설이 쏟아지기도 했던 변덕스런 삶에 두 딸은 마음의 우산이 되어 주었다. 질펀한 삶에 위로가 되어 햇살 들게 했다. 장성해서 스스로의 인생을 가꾸는 독립된 인격체, 그 희망과 어울린 날은 매일이 축제다. 생의 길동무가 되어 함께

걷는 길, 가족의 화목은 그냥 주어지는 게 아니지 싶다. 생의 힘겨움을 견디어 냈을 때 주어지는 선물이다. 삶의 훈장처럼 안긴 초여름의 행복, 감사하지 않을 수 있겠는가.

최정우

시 속을 거닐다 시를 바라봅니다.
행복이라는 것을 조금 알 것 같습니다.
시를 다시 꺼내 봅니다.

+ 시 작품 | 다가온 | 그림자 놀이 | 쌓인다

P R O F I L E

1965년 경기 안성 출생. 중앙대학교 예술대학원 졸업. 2005년 『한국문인』 시 부문 신인상으로 등단. 현)문파문인협회 사무국장. 국제펜클럽 회원. 한국문인협회 선임회원. 문협 60년사편집위원. 동남문학회 회원. 수원시인협회 회원. E-mail : cjw3797@hanmail.net

다가온

걸어 들어가고 싶은
충동 속으로 들어간다

갑자기 다가오는 차가운 엄숙함
내 모습이 어둠 속으로 사라졌다

사라진 것처럼 보였다
다시 살고 싶은 걸음이 맞은편으로 걷는다

끝쪽에서 한꺼번에 몰려오는 밝음
입구부터 연결된 지나온 기분이 고개를 든다

기차 레일이 만날 것처럼 길게
걷는 기쁨과 슬픔의 기대

기차 소리를 내며 터널을 빠져나간다
입구에서 가장 멀리 오버랩되는 마지막 화면

열고 싶지 않다고, 소리 없는 상자가

손으로 다가온

그림자 놀이

끊어진 선 하나에 손가락이 놀고 있다
벽에 비추어진 그림자가 손안에 있다
늘 그랬던 것처럼 삶이
손가락 다섯 마디에 갇혀 있다
손톱을 키우던 그림자가
손가락으로 송곳니를 만들었다
이빨의 특징으로 먹어 치운다는
그림자는 흔적을 남기지 않는다
손안에서 검게 손이 되었다

비 오는 날에는 경계가 없다
아무것도 없는 기다림 속에 몸을 뉘였다
또 다른 몸이 따라 누웠다
그림자에 갇혀 있는 나를 본다
기다린다는 위선된 시간이 흘렀다
홀로 존재할 수 없는 아픈 그림자
희미하게 빛을 따라 멈추어 섰다

생각 없이 손바닥으로 만져 본다
따듯한 목소리가 손가락 마디에서 묻어 나왔다

손을 쥐어본다
경계가 없는
선 하나가 그림자에 매달려 있다

쌓인다

사막을 걷기 전에 목마름이 시작되었다
예수가 걸었다던 사막이 발 속으로 들어온다
무너져 내리는 발바닥이 길을 만들고
선인장 씨앗이 날아와 앉은 곳마다 모래가 꿈틀댄다
더운, 지친
가시에 새가 운다
예루살렘에서 들려오는 종소리보다
아름답게 울고 있는지 귀에 담다가
선인장에 비스듬히 기대앉아 사막을 바라본다

사막 속에 묻혀있는 죽은 죄명이 무엇인지
밤마다 선인장 가시가 등에서
전갈의 독처럼 독을 품는다

얼굴을 모래 속에 묻어본다

유다의 눈물로 만들어졌을지도 모르는 오아시스에는

낙타의 코울음 소리가 푸등푸등 들려왔다

한 알 모래 끝을 바라본다
바라보는 내 눈에 모래가 돋아난다
새 울음소리보다 작게 숨을 죽이며
혈관을 타고 바라보는 끝으로 날카롭게

조준된 총구의 깊은 외마디
바람에 모래가 쌓인다
누워있는 발끝 건너 무덤이 이어간

죄지은 이름이 무엇인지
바람은 건조하게 말라갔고

비는 쌓이지 않았다

서선아

감이 익는 가을이 오고
글을 모으는 시간이 오면
한 해 편안하였다는 감사를 낙엽편에 부친다

+ 시 작품 | 꽃신 | 봉숭아 물 | 쇠똥구리 | 뭐 잡수시고 싶으셔요
오늘은 구름이고 싶다

P R O F I L E

대구 출생. 저서 : 시집 『4시 30분』 『괜찮으셔요』 공저 : 『뇌요』 『네모 속의 계절』 외 다수. 수상 : 동남문학상(제5회), 계간 『문파』상(10회). 동남문학 회장 역임. 대한문인협회회원(문협70년사편찬위원). 계간 『문파』회원. 동남문학회원. 백송문인회 회원 E-mail: ssaprincess@hanmail.net

꽃신

손녀가 신던
꽃 슬리퍼가 목욕탕 한켠에
얌전히 앉아 있다

꽃신이라 좋다고
마루까지 신고 나와 깔깔대던
작은 팽이 같은 아가

어른이 되고 싶어 엄마 하이힐 신고
뒤뚱대며 걸어 다니던
해바라기 웃음을 가진 아가

영상통화로 아가 웃음
잠시 보고 나니
마음은 핸드폰 속으로 들어가고

목욕당 슬리퍼 닦으면서
다시 만날 날 기다린다

봉숭아 물

여름방학에 본가에 온 손녀들
서른 개의 손가락을 무릎 위에 올리고
빤히 쳐다보고 있다

봉숭아 꽃잎 따서 백반 넣고
소꿉놀이하듯 돌로 콩콩 찧어
진주알 같은 손톱 위에
살포시 올리고 비닐로 감으니

옛날 호박잎으로 손가락 싸주시던
외할머니 생각이 난다

첫눈 오는 날 초승달 만큼 남아 있는
봉숭아 물든 손톱
손주들의 무지개 빛 꿈과 함께
오래 남을 마음의 봉숭아 물

쇠똥구리

차가 쌩쌩 다니는 큰길
박스 한 무더기 굴러온다

쇠 똥 굴리는 쇠똥구리처럼
작은 유모차 위에
무너질 듯 올려진 종이들

앞도 안 보고 무조건 직진
차가 와도 신호가 바뀌어도
아랑곳 않고 간다

먹이를 구하러 가는 쇠똥구리
오직 오늘 하루 살기 위해

서선아

뭐 잡수시고 싶으셔요

입안은
모래알이 굴러다니고
며칠째 목으로 넘긴 건
생수 몇 모금

평생 먹는 거 중하게 생각 안 했건만
넘기지 못하고
다시 넘어오는 건 인력으로 안 된다

뭐 잡수시고 싶으셔요
멀리 사는 며늘아가 한 마디
언뜻 먹고 싶은 게 생각난다

아이스박스에 꽁꽁 얼려
꼭꼭 싸매어 보낸
국 한 그릇

사막에서 오아시스 만나듯

오늘 저녁 국에 밥 말아 먹으니

보약이 한 그릇

내일 아침 벌떡 일어날 것 같다

고맙다 아가야

오늘은 구름이고 싶다

파란 하늘을 안고
두둥실 왈츠를 추다가 싫증나면
한 마리 학이 되어
이곳저곳 날아 세상 구경하고

속에서 울화가 치밀면
번개도 만들어 치고
소나기 한 줄기 퍼부으면 좀 시원하겠지

다 잊어버리고
저 산 너머 바람같이
여행 떠나는 구름이 되고 싶다

곽영호

고맙게
스무 번째 교정에 낙엽 지는 소리를 함께 듣는다.

+ 수필 작품 | 여름의 소리 | 청도라지 산꽃

P R O F I L E

1943년 경기도 화성 출생. 1998년 계간 『문파』 등단. 저서 : 2014년 수원시 문예진흥 기금지원-
『나팔꽃 부부젤라』 출간. 수상 : 2015년 농어촌문학상.

여름의 소리

불볕더위다. 문을 활짝 열어놓고 무말랭이마냥 바짝 마른 바람을 불러들인다. 불청객 소음이 먼저 따라 들어온다. '제주 앞바다에서 갓 잡아 올린 은갈치 사세요.' '고장 난 전자제품 삽니다.' '성주 꿀참외가 한 보따리에 오천 원.' 스피커 소리가 온 동네를 뒤흔들어 신경을 찌른다. 문을 꼭 닫아 놓을 수도 없고 견디기 어렵다. 어려운 서민들의 아픈 소리라지만 다른 곳으로 가 주기를 바란다. 홍싸리 꽃 흐드러지게 피던 여름, 풍금소리 같던 고향의 소리 기억나게 한다. 푸른 숲에서 울려 퍼지는 소리는 전원의 교향곡처럼 부드러웠다.

바람 소리도 자라나는 사춘기 아이들 목소리 변성하듯 소리가 달라진다. 초봄에 초록 잎 살래살래 흔들던 바람은 산들바람이다. 몇 번의 비를 맞고 수많은 꽃 떨어짐을 겪고 나면 바람 소리도 겉멋이 들어 거드름을 피운다. 장가 못 간 노총각 놈 건들거리듯 선들바람이 분다. 텃밭 옥수수 잎을 붙잡고 서걱서걱 밤의 소리를 만든다. 달밤에 총각 처녀가 옷깃 스치고 싸돌아다니는 소리가 부러운가 보다. 여름 밤 비밀의 소리는 벌레도 그 누구도 의식하지 않는다. 건들거리는 소리든 선들거리는 소리든 내버려두고 간섭하지 않는다.

자연에도 119 사이렌 소리 같은 경고음이 있다. 높은 산봉우리로 병풍을 치고 우거진 숲으로 그림을 그린 마을. 흰 구름이 끊임없이 수를 놓았다. 항아리 속같이 고요한 공간을 울리는 소리가 있다. 푸드덕 날갯짓으로 이 산에서 저 산으로 옮겨가는 꿩의 울음소리다. 뀌 거 꿩 ~~~ 산천을 흔들어 깨우는 소리. 신명스럽게 경종을 울렸다. 자연에서만 들을 수 있는 여름의 소리다. 귀 달린 모두가 귀를 세운다. 꿩의 소리가 울리고 나면 산천은 반듯해진다. 사람도 짐승도 하물며 벌레들도 빳빳하게 긴장을 한다. 꿩의 소리는 산간마을 모두를 정신 차리라고 호통 치는 호루라기 소리로 들리기 때문이다.

수탉이 홰를 치고 화답을 한다. 우리 마을은 안녕하니 염려 말라고. 꿩의 소리는 마을로 내려오고 닭의 소리는 산으로 올라간다. 뻐꾸기가 봄내 그토록 슬프게 울고 간 마을 봄꽃이 흐드러지게 피워 안정을 찾았다고. 여름의 소리는 품앗이로 서로를 위로하고 보듬어 준다. 풀도 나뭇잎도 벌레도 나름의 소리를 낸다. 사운드 오브 뮤직처럼 자연의 합창이다. 생명이 내는 소리다. 큰 몸은 큰 소리, 작은 몸은 작은 소리, 각각의 소리가 여름이다. 보잘것없는 하루살이나, 미움받는 모기도 목청을 돋운다. 자기들도 여름 식구라고, 흔들거리는 나뭇가지가 이 소리 저 소리를 모아 악단 장처럼 지휘를 한다.

요즈음은 들을 수 없는 아련한 소리가 있어 아쉽다. 푸른 들판마다 그토록 가득했던 뜸부기 소리다. 60년대까지만 해도 벼 자라는 들판에는 뜸부기 소리뿐이었다. 뜸북뜸북 뜸부기 목소리가 안개처럼 자욱했다. 한낮부터 해 질 때까지다. 바람은 귀찮다 하고 농부는 안쓰러워했다. 농부의 여름과 함께하는 영혼의 소리다. 농부도 뜸부기만큼

울어야 여름이 갔다. 지금은 그때 늙은 농부의 발걸음도 뜸부기 소리도 들을 수 없는 자연이 되어버렸다.

여름에 빼놓을 수 없는 소리가 빗소리다. 퍼붓는 듯 하얗게 쏟아지는 빗소리는 장쾌하다. 신나게 드럼을 두드리는 소리다. 빗소리가 우렁찰 땐 땅 위에 모든 생명은 숨을 죽인다. 성전에 엎드려 나약하게 기도하는 자세를 취한다. 울지도 웃지도 움직이지도 않는다. 하늘의 소리이기 때문이다. 오직 빗소리 속에서 신나는 놈은 맹꽁이뿐이다. 봄날 무논에 개구리들은 저잣거리 잡배들처럼 아우성을 쳤지만 맹꽁이들은 이쪽에서 부르면 저쪽에서 화답을 한다. 밀고 당기는 사랑의 밀당이다. 끈질긴 구애로 프러포즈가 길다. 천방지축 달려드는 개구리 사랑하고는 차원이 다르다. 맹꽁이 소리에는 멜로디와 이벤트가 있다. 맹꽁이 사랑이 참 사랑이다.

여름 소리 으뜸은 매미 소리다. 칠년을 기다린 사랑을 부른다. 소리 내어 부르고 소리 내어 하는 사랑, 매미 소리에는 애달프고 슬픈 아리랑 곡조가 담겨있다. 소중한 사랑이라 높은 나뭇가지 위에서 기다린다. 사기꾼 거미줄도 피하고 악랄한 악동의 손길도 닿지 않을 높은 곳에서 사랑을 부른다. 나뭇잎 사이로 보이는 푸른 바다로 흰 돛단배가 오기를 기다리는 망부석 사랑이다. 고귀한 사랑이기 때문에 청순하다. 있는 힘을 다해 부르는 사랑 노래 숨이 차다.

뭐니 뭐니 해도 여름의 소리 백미는 소 울음소리다. 한국의 소리 100선에 들어가는 워낭소리보다 더 강렬한 소리가 있다. 야들야들한

풀을 실컷 먹고 살찐 암소가 사랑의 계절을 만나 암창이 난다. 황소가 암소를 부르는 영각의 소리는 저리 가란다. 산을 흔드는 절규의 소리다. 주인도 못 알아보고 먹이도 먹지 않고 사나흘 목이 쉰다. 존속을 번식하고자 하는 욕망이 처절하다. 암소가 부르짖는 사랑의 소리보다 이 세상에 더 간절한 갈구가 있을까. 소리의 우렁참이 여름의 기운이고 생명이다.

여름의 소리는 사랑이다. 장끼가 울면 까투리가 따라 울고, 수탉이 울면 암탉이 쫓아간다. 빗소리는 맹꽁이에겐 너무 짧고 매미에겐 너무 길다. 호색가 뜸부기는 여름이 시시하다고 돌아오지를 않는다. 암소의 울음소리는 뜨겁게 여름이 황홀했다. 사랑이 충만한 계절이다. 자연의 소리는 잔머리를 굴리지 않는다. 여름의 소리는 '미 투' 없는 진실한 사랑의 소리일 뿐이다. 사랑이 여의치 않아 이루어지지 않아도 그분의 뜻이라 체념을 한다. 싱싱한 여름, 한 계절은 잘 살아 온 것만으로도 행복이라 여긴다. 귀뚜라미가 멋지게 연주복을 차려 입고 눈을 찔끔거린다. 가을의 소리가 오려나 보다.

청도라지 산꽃

　　추석을 앞두고 어머니 묘소에 벌초를 하려고 산을 오른다. 이따금 울컥 그리워지던 어머니 생각이 하루는 짧고 일 년은 길었다. 바라고 바라던 만남의 기쁨에 방해가 심하다. 떠나기 싫은 여름 더위가 기승을 부려 헉헉거리게 한다. 낯선 이방인 취급하듯 하루살이가 눈을 찌르고 보이지 않는 거미줄이 앞을 가로막아 검문을 한다. 사무치는 내 마음을 몰라주는 풀벌레, 나무들이 비딱거린다. 어머니라고 생각하던 산꽃들도 몸을 숨기고 얼굴을 가려 괴이쩍다.

　산기슭에서 닭의장풀 꽃을 먼저 만난다. 농사지을 때 수없이 싸워가며 함께했던 꽃이다. 꽃이라 생각지도 않았던 꽃에 눈길이 간다. 나의 세월도 많이 흘렀나 보다. 다시 봐지고 간지럽고 얄망스러운 남색 꽃빛에 마음을 빼앗긴다. 짙고 맑은 얄미운 남빛, 이유 없이 눈이 시리고 마음이 애절해진다. 남색은 깊은 바다 쪽빛이다. 그 빛을 맞닥뜨리면 언제나 숨이 멈추어지고 맥이 풀린다. 드세고 억센 것이든 순하고 착한 것이든 모두를 보듬는 바다 빛. 못나고 부족해도 마다않고 보듬어주던 어머니 사랑의 빛이다.

　어릴 때 들었던 옛 이야기가 생각이 난다. 애티 나는 애송이 약초꾼이 예쁜 처자와 연을 맺었다. 사내가 대망의 꿈을 품고 산삼을 캐러 집을 나섰다. 오밤중이 되도록 돌아오지를 않아 초조한 각시는 닭장의 닭을 깨워 새벽 닭 울음소리를 내게 했다. 허나 해가 중천에 떠올라도 사내는 돌아오지를 않았다. 호랑이한테 물려간 것으로 짐작한 각시는 닭장 앞에서 혼절을 한다. 산에서 길을 잃고 헤매다 며칠 만에 돌아와 보니 닭장 앞에 쓰러진 각시 치마가 남빛으로 물들어있더란다. 그래서 닭의장풀 꽃말은 짧은 사랑이 되었고 남색 치마 흰 저고리는 남편을 놓친 여인이나 남성을 멀리 하여야 할 궁중 여인의 복장이 된 연유라고 한다. 엄마도 한 시절 입었었다.

기슭을 지나 산을 오른다. 청보라 도라지꽃 한 송이가 외롭게 내 마음을 훔친다. 닭장 앞에서 사랑하는 사람을 기다리다 죽은 각시 무덤에서 피는 꽃이라 했다. 애처롭고 안타깝게 떠난 남자를 오래 기다리는 꽃으로 꽃말도 '영원한 사랑'이다. 도라지꽃은 어릴 때부터 좋아하던 꽃이다. 백도라지 꽃도 좋지만 남빛 청도라지꽃을 보면 진한 색감에 취해 볼 적마다 정신이 아찔하도록 마음을 빼앗긴다. 사랑하던 사람을 잃은 각시의 영신이다. 티 없이 맑고 청순한 모습은 눈물 흘리고 시집가던 누님의 얼굴을 떠오르게 하다가도 청승맞은 뒷맛을 느끼게 한다. 왜일까. 별처럼 차갑고 외로운 꽃, 꽃별이다.

들에 피는 들꽃은 풀꽃이고, 산에 피는 꽃은 산꽃으로 도라지꽃은 산유화(山有花)다. 들꽃들은 꽃빛도 화려하고 서로가 의지하여 무더기로 핀다. 바위틈에 홀로 핀 도라지꽃은 불쌍할 정도로 초라하게 외롭다. 특히 새침 떠는 청도라지꽃은 스치는 눈빛마다 멈칫하게 한다. 들꽃보다 고매하다. 사랑을 기다리는 나비도, 들 나비와 산 나비는 다르다. 산 나비는 무장한 군인처럼 몸집도 크고 화려한 호랑나비다. 그 나비가 저 산에서 이 산으로 오기가 하늘에 별 따기다. 외로운 청도라지 사랑 찾기는 더할 나위 없이 애처롭고 처절하다.

남쪽 나라 십자성처럼 파랗게 빛나는 도라지꽃은 분명 무슨 말을 하고 싶어 입술이 떨리는데, 그 소리를 아무도 못 알아듣는다. 새파란 도라지꽃은 길가에 핀 해바라기처럼 헤벌려 웃지도 않는다. 무언의 빛으로 웃는다. 바라만 보아도 가슴 뛰게 하고 파랗게 멍이 들게 한다. 도도한 열여덟 순정이 아직 남아있는지 멀리서 바라만 보아도 애간장을 태우는 꽃이다. 영원한 사랑은 아쉬운 사랑이고 아쉬운 사랑은 슬픈 사랑이다. 사랑을 기다리는 시간은 더디게 가게 마련, 슬프게 꽃빛이 스미면 산자락도 슬프다.

어느 시대 어느 지역의 사람이든 삶의 최종 목표는 사랑이다. 사랑은 꿈을 만들고, 꿈은 삶을 만들었다. 농부들이 논에서 일을 하며 부르는 농부가 메나리 가락도 도라지꽃으로 대신한다. 간절하게 사랑을 부르는 심정의 노래가 도라지 타령이다. 한(恨)의 노래, 도라지 타령은 우리의 영혼을 일깨우는 노래다. 멀리 보이고 멀리 들리는 사랑을 힘들여 쫓아가서 찾아오는 사랑이다. "에야라 난 다, 지화자 좋다, 얼씨구 좋구나, 내 사랑아, 니가 내 간장을 스리 살살 다 녹인다." 언제 들어도 가슴 울렁이게 하는 도라지 타령이다.

며칠 전 근교에 만개한 가을 해바라기꽃과 천일홍을 보고 왔다. 아름답다 못해 황홀해 머릿속에서 지워지지를 않는다. 활짝 웃는 해바라기 꽃은 현실의 이승이고 기억 없이 사는 어머니의 산은 저승이다. 눈에 넣어도 아프지 않던 손자도 잊은 지 오래다. 산에서는 꽃빛 자랑하는 꽃의 자태도, 놓치기 싫은 이승의 추억도 소용이 없다. 길게 뻗어 내린 산 내령에 이 세상을 살다 간 사람들이 잠들어 있다. 무덤은 차별 없는 세상이다. 손발이 부르트도록 고생하신 어머니나 고관대작으로 한 세상을 주름잡던 혼령이나 지하에서는 다르지 않고 거기가 거기다.

석양빛에 산이 서서히 어두운 빛으로 물들어 가기 시작한다. 닭의장풀 새색시 애끓는 사랑도 옛 전설 속으로 숨는다. 남빛 도라지꽃도 한 여름 슬피 울었을 뿐이고, 여름 산꽃들의 가느다란 꿈도 이 세상에 남겨야 할 한(恨)이다. 뒤늦게 핀 홍싸리 꽃만 주책없이 짚고 갈 지팡이를 찾으려고 허둥거린다. 산마을에서는 스펙 좋은 자기소개서도, 화려한 명함도 소용이 없다. 산에서는 완장 차고 휘젓는 세상이 아니다. 가녀린 초록이나 눈 찌르던 남색의 꽃빛도 어두움에 묻히면 빛도 끝이다.

안일균

앞만 보고 달리다가 넘어져
털썩 주저앉아 돌아보니 다 바람 같다.
오늘 하늘이 참 푸르다.

+ 시 작품 | 바람꽃 친구 | 가을 호수 | 코스모스 | 사랑하라 | 기다림

P R O F I L E

경기 화성 출생. 동남문학회 회원. 저서 : 공저 『아직, 꿈꾸는 별』 외 다수.
E-mail : nadaroge@hanmail.net

바람꽃 친구

이제 와 너를 피워내는구나
다 지고 없는 풀섶에
아무렇게 피어나는 꽃처럼

덩그러니 꽃잎으로
갈바람에 흔들리며 피워내는

나그네여,
갈마른 친구여

붉게 물들지 않아도
하얀 들꽃으로 살아간들

사랑이여,
들꽃이여,
내 늦은 바람꽃 친구여

가을 호수

돛단배 하나가 밀려온다
작은 배 가득 가을이 담겨서

무겁지도 않고
가볍지도 않은
딱, 가을만큼만 담고서

가을을 안고
하늘을 안고
무수한 별들을 안아
호수는 엄마의 젖가슴처럼
따듯하다.

오는 것과 가는 것은
사람의 마음과 돛단배

가을 호수가 그립다
그 사람이 그리운 것처럼

코스모스

우주를 품고
멀리 멕시코에서 온 별
1년생 관상식물이라 부른다

하늘을 안고
우주에서 바라보면 넌
나의 별이다.

신작로 길가를 지나던
한 소녀를 유혹했던 너

길 가다 차를 세우고
나도 덩달아 네가 좋아졌다.

가을이다
사랑하자
별만큼만

사랑하라

그저, 살아가는 일이라고
혼자 가슴을 털어낼 때가 있습니다
고통의 한가운데 있을 때보다
굴레에서 벗어나야 알 수 있는

너 자신을 이해하고
너 자신을 용서하고
너 자신을 사랑하라

바스러진 파편의 조각들마저도
주워 담을 수 없을 땐
버리지 않고는 알 수 없는
그런 상태로 그냥 내버려 두자

누군가를 이해하고
누군가를 용서하고
누군가를 그저 사랑하라

기다림

기다림은
설레임이고 두려움이요
조바심과 마주하는 일이다

기다림은
시간이고 마중물이요
누군가를 바라보는 일이다

기다림은
과거와 현재와 미래에
다가오는 종종걸음이다

김영숙

꽃은 지고 바람은 부는데
달랑거리는 한 장의 달력을
어떤 마음으로 바라봐야 할까…

+ 시 작품 | 가을날 | 꽃은 피듯이 | 제비꽃

입가에 피어나는 반달 | 그녀

P R O F I L E

『한국문인』 시 부분 당선 등단. 한국문인협회 회원. 문파문인협회 회원. 경기시인협회 회원. 수원
시인협회 회원. 동남문학회 회장 역임. 동남보건대학교 평생교육원 시낭송 지도자과정 수료. 고운
소리 시낭송회 회장. 수상 : 제8회 동남문학상. 저서 :『문득 그립다』, 공저『1초의미학』외 다수.

가을날

시 같은 가을 하늘
수많은 형상과
수채화처럼 펼쳐진
뭉게구름 사이로 양 떼 목장이
펼쳐지고 있다

아!!!
높다
절로 눈이 감기고 속삭여지지만
주저앉은 내 감수성은 회복의 기별이 없고
잠자리만 짝지어 날아오르는데
좋은 시 하나 생각나지 않는
이 가을날
나는
시가 외롭다

꽃은 피듯이

찬바람이 흩쓸고 간 자리에는
늘 그러듯 아무것도 남지 않고
가끔 휘날리는 조각들뿐

한바탕 태풍이 지나가고
가시의 날이 마구 헝클어진 곳에서
파란 새순은 서서히 돋아나고
미풍에도 앞뒤가 바뀌는 나뭇잎처럼
아슬아슬함이 묻어있던 시간이
점점 무뎌지고 있다
비 온 뒤에 해가 뜨듯이 서서히
새싹이 올라오고 좀 지나면
예쁜 꽃이 보이기 시작하겠지
가시 덤불 속에서도
꽃은 피듯이

제비꽃

아지랑이 피어오른 날
돌계단 틈 사이를 비집고
올라온 보랏빛 얼굴
똘망지게 웅크리고 있는
너

어느 바람 곁에 날아와
둥지를 틀고 오고가는 이
정답게 맞아주는 너를 보니
반짝 뛰어오른 아련한 기억
손가락 사이 꽃반지 끼고
마냥 좋았던 그 시절
문득 가슴을 적신다

꽃은 피어서 좋고
꽃반지 끼는 나는
행복해서
좋아라

입가에 피어나는 반달

망초꽃처럼 하염없이 기다리다
지쳐 잠든 퍼런 가슴 애달플 때
문풍지 사이로
비집고 들어오는 햇살처럼
너라는 존재는 그러하다

민들레 꽃씨 되어
떠나고픈 마음 간절한데
바람을 이기지 못하니
내가 원하는데 쉴 수 없고
마음 한구석 창문 하나 만든다.

창문으로 내다보이는
또 다른 세상
바람 한 점 없는 깊은 고요
그곳에서 긴 꼬리를 물고 있는
생각들 정리하며 두 손을 모아본다

어느 순간

창문 사이로 비집고 들어온

햇살은 방안 가득 온기를 주고

어느덧 너는

입가에 피어나는 반달이 되었다

그녀

그녀가
슬쩍 흘리고 간 눈웃음에
팝콘처럼 터져버린 가슴
하얀 속살 내밀며 활짝
웃어주던 매화처럼
내 눈에
내 가슴에
내 머리에
내 몸 안에
온통 그녀뿐이다

그녀가
슬쩍 흘리고 간 한 마디에
톡톡 터지기 전에 떨어져버린
꽃송이처럼 온통 아픔이다
배신의 아픔
미움의 아픔

돌아서는 아픔

내 몸 안에

온통 아픔이다

사랑은

기쁨이고 아픔이다

김숙경

글쓰기에 자극이 되는 일들, 어렴풋한 感조차 잃었다.
초심을 잃은 탓이다. 가난한 창고가 부끄럽다.
가을이 수런거린다.

＋ 수필 작품 ｜ 사춘기, 그 구두 굽으로부터의 해방 ｜ 색칠하는 페인트공

P R O F I L E

2006년 『한국문인』 신인상 당선 등단. 2016년 동남문학회장 역임. 한국문인협회 회원. 경기수필
가 협회 사무국장. 동서문학회, 계간 『문파』 회 회원. 제 10회 동남문학상, 제32회 경기수필작품상,
2017년 수원문학인상 수상. 공저 : 『풍경 같은 사람』 외 다수. 저서 : 『엄마의 바다』.

사춘기, 그 구두 굽으로부터의 해방

뾰족하거나 통으로 된 구두 굽을 보면 이제는 새삼스럽다. 저 높은 굽으로 한 뼘쯤 커지는 세상을 기대했던 사춘기에서 오십 이전의 내가 보인다. 1센티라도 더 높은 구두 굽을 사기 위해 디자인은 물론 낮은 굽은 아예 거들떠보지도 않았다. 구두 매장에서 오로지 혈안이 된 건 굽 높이만이었다. 보기만 해도 카타르시스를 느꼈던 높은 구두 굽에서 이젠 세상을 낮은 곳으로부터 배우라는 암시처럼 내 구두 굽은 어느 날부터 점점 더 작아지고 낮아지고 있었다.

그 낮아짐 속에 사춘기에 절망하던 작은 키의 콤플렉스 따위는 이제 안중에도 없다. 사춘기에 접어든 그때부터 그냥 편하고 오래 걸을 수 있는 신발이거나 구두면 족했다. 높아봤자 그 키밖에 보이지 않는다는 말로 킬힐이거나 통굽의 뭉툭함을 불안스레 바라보던 타인들의 시선을 감내하던 내 안목도 이젠 나이 먹었다. 1센티의 자존심도 편하고 안락한 발의 나태함에 어쩔 도리가 없는 것이 되었다. 내 인생의 절반을 지켜주던 높은 구두 굽들에서 이제는 해방되었다.

미끈한 다리 맵시를 돋보이려고 힐을 신는 아가씨들의 걸음걸이는 예쁘다. 젊음의 신선함마저 느껴진다. 저 힐 속에 키워온 내 무지외반증도 상처 많은 훈장처럼 감춰져 있다. 뼈가 옆으로 삐죽거리며 나올

때 밤낮을 가리지 않고 시큰시큰하던 고통도 높은 구두 속으로 구겨 넣을 때는 몰랐다. 온전할 리 없는 발이어도 자존심 다치는 것만큼 중요하지 않았다. 발의 기형은 높은 굽 때문만은 아닌 것이 친정엄마의 발도 그러니 비단 높은 힐 탓만은 아닌 것 같다. 친정엄마야말로 한 번도 그런 신발로 엄마의 발을 무지막지 괴롭힌 일이 없었을 테니까.

이제 5~6센티 굽의 안락함을 고집하고 있다. 거의 한 뼘 높이만 하던 그동안의 굽으로 치면 고무신 신는 느낌이다. 그래도 아직 남아있는 자존심은 운동화나 굽 낮은 신발은 사양한다. 도리어 그런 종류의 신발들은 종아리에 뭉툭한 알이 배게 하거나 뒤로 넘어질 것 같은 느낌이 들기 때문이다. 웬만하면 신지 않는다. 큰 키의 사람들도 하이힐의 로망이 있다고 하니 키 작은 나에게 하이힐은 얼마나 매혹적인 일이었을까.

하이힐이 젊음의 상징이었다면 낮고 투박한 신발들은 내게 있어 늙음의 상징 같다. 정말 예쁜 구두라도 자기의 발에 맞지 않아 못 신고 만 팥쥐의 심정이 된다. 가당치 않은 욕심을 버리는 일, 이제 받아들이라는 뜻 같다. 갈수록 더 낮아지는 신발 굽들을 보면서 순리의 사명을 읽는다. 구두 굽에 의지한 채 잰걸음으로 높은 세상 속에 스며들고 싶었던 마음도 편안하게 내려놓는 나이가 되었다. 이제는 세월의 속도에 비례하는 느긋한 걸음걸이를 선물처럼 받은 일인지 모르겠다. 비로소 사춘기에서 해방된 낮은 굽으로부터 삶의 통찰을 느끼는 중이다.

색칠하는 페인트공

　　지구를 색칠하는 페인트공이 아닌 작은 가게 하나를 색칠하는 페인트공 남편을 담고 왔다. 이사를 코앞에 두고 어떤 상태인지는 알아야 면목이 설 것 같아서였다. 어제는 그 집에 쌓여있던 폐기물 처리로 하루를 보내고 오늘은 낡고 지저분한 곳을 털어내고 그 위에 페인트 작업을 하는 중이다. 오랫동안 쓰지 않고 창고처럼 방치한 건물은 임대료가 싼 대신 치우고 다듬어야 할 일이 태산 같아 보인다. 한동안 사람이 살지 않아서인지 눅눅했다. 걷어낸 폐기물들이 꾸역꾸역 흉물스럽게 건물 밖으로 기어 나와 있다. 자리 잡으려면 한참이 걸릴 것 같다. 그 사람 옷에 묻은 흰색 페인트 자국처럼 곳곳에 쌓여 있는 일들을 보니 갑자기 마음이 바쁘고 우울해진다.

　　벗겨지고 깨지고 너저분한 곳을 긁어내고 털어내고 다시 변신할 그 집안을 꾸미는 데 색칠만 한 게 있을까. 새롭게 단장하는 일에 쓸데없이 돈을 버리느니 직접 하겠다고 나선 그 사람은 다시 옛 모습으로 돌아오는 중이다. 어떤 위치와 체면을 과감히 벗어버리고 생활인으로 돌아왔다. 사주나 명리학을 절대시하지 않지만 가장 바닥에 왔다는 생각이 들면 나도 모르게 내 인생의 십년 주기를 되돌아본다. 그 십년은 힘들 수도 아니면 더 나아지거나 괜찮은 시간이기도 했던 것 같다. 사는 게 바닥이면 다시 치고 올라가야 할 일만 남았다고 생각한다. 그 사람 머리와 속눈썹에 달라붙은 하얀 수성페인트 방울들이 땀처럼 매달려있다. 털어낼 수는 없는 일은 흐르는 물에 세수를 하고 나면 말끔해질 것이다. 지금은 그동안 가려지고 숨겨졌던 더러운 곳을 걷어내고 숨 가쁘게 색칠하는 중이다.

　누추하거나 비루해 보이는 곳도 색을 입히니 다른 집 같다. 화사하진 않지만 환하다. 그의 아마추어 수고가 돋보인다. 전문가 솜씨는 어림없지만 옷이며 얼굴이며 신발에 분칠한 고생이 있어서인지 그런대로 괜찮아 보인다. 붓과 롤러에 적당한 페인트를 찍어내야 하는데 조절 못하고 질질 흘려 바닥이 흰 분 천지다. 그 자리를 지워야 할지 덮어야 할지 다음으로 넘어가기로 했다. 일하는 사람 고생 알아주러 간다고 왔다갔다 주변을 서성였더니 검은색 얇은 외투에 페인트 자국이 군데군데 묻어있다. 나쁘지 않은 물듦이다. 주머니 사정을 고려해 스스로 몸으로 하는 일에 우선순위를 둔 그의 모습이 안쓰럽다. 아직도 색칠해야 할 것들이 많이 남아 있는데 자꾸만 어두운 색만 떠오른다. 그 색깔조차도 철근처럼 무겁다.

　남편이 몇 십 년을 형님처럼 알고 지낸 분의 건물로 다시 들어간다. 98년 IMF를 맞았을 때 다른 사업을 위해 장소가 필요할 때 흔쾌히 가게를 내줬던 고마운 인연도 있다. 한학과 주술로 범상치 않은 이

미지를 풍기는 분이다. '사장님 돌고 돌아 다시 원점으로 왔네요.' 하니 '부자 될라고 다시 온 겨.' 틀림없이 부자 된다는 덕담 아닌 덕담으로 답한다. 동분서주하던 그 사람의 머리카락에 매달린 페인트 방울들이 먼저 웃는다. 글쎄 이제 치고 올라가야 할 일이 남았다면 그게 희망이란 색이 아닐까. 내면의 밝기를 조정해야 할 시기가 왔다. 다시 누군가의 기를 받고 출발해야 한다면 작고 소소한 기운이라도 붙잡고 싶어지는 그런 봄이다.

전옥수

흐름과 멈춤이 어우러진 시간들이
담장을 훌쩍 넘어와 가로수에 별을 달고 푸른 바다를 하늘에 펼쳤다.
함께여서 참 고맙다.

+ 수필 작품 | 멈춤 그리고 머무르기

+ 시 작품 | 튤립 향기는 | 날개의 행방

P R O F I L E

2008년 계간 『문파』로 등단. 한국문인협회, 수원문인협회 회원. 현재 동남문학회 고문. 계간 『문파』 편집위원. 제10회 동남문학상 수상. 제9회 호미문학상 수상. 저서 : 시집 『나에게 그는』, 공저 『풍경 같은 사람』 『2017문파대표 시선55』 외 다수. E-mail : ohksu1003@naver.com

멈춤 그리고 머무르기

꽃이라고 하기에 민망스러우리만큼 작고 수줍은 꽃잎에 걸음이 멈춘다. 늘 지나던 길섶이 내게 선사한 작은 쉼이다. 목소리 큰 나무들 틈에 묻혀 신음만 내고 있던 작고 여린 꽃대는 봄을 맞아 뿌리에 물 올리는 듯 열중했다. 새파란 하늘은 차마 날아오를 수 없는 두렵고 차가운 시선이었다. 꽃들의 시샘에 움츠러들다가 유일한 의지였던 버팀 가지가 바람결에 어긋나고 말았다. 비스듬히 꺾인 채 파도를 넘나들던 꽃가지 끝에 봄 햇살이 머무른다. 자존심이었을까 그 생채기 아물기도 전에 노란 꽃잎부터 피워냈다.

꽃샘추위가 기승을 부리던 봄날 어머니를 떠나보내고 한겨울보다 더 매서운 봄을 보냈다. 아무도 없는 작은 다락방에 숨어드는 것을 즐겨했던 시절이었다. 마루 틈으로 스며든 연탄가스에 혼미해진 어둠 속에서 차라리 아침이 오지 않기를 바라던 암울했던 시기였다. 여린 꽃잎 속에 가려진 그때 그 소녀가 마음을 온통 붙잡아 놓는다. 해마다 이맘때가 되면 이름 모를 작은 꽃잎은 더 애틋함으로 하늘거리며 아픈 기억 속에 나를 붙잡아 둔다. 작은 꽃빛이 전해주는 마음의 크기를 알기에 피하지 않고 머무르게 된다.

아무렇지도 않은 듯 밋밋하게 살아온 삶에 가느다란 균열이 일어났다. 포장을 뜯어내고 내면 깊이 감춰 둔 감성의 세포들 하나하나 들쳐 내어 닦아준다. 덧난 상처들은 싸매기 시작했다. 천연덕스러우리만큼 감춰졌던 속울음이 소리를 내며 활자를 찍는다. 지나온 시간들을 망라한 지금, 문학이라는 이름으로 과거와 현재와 곧 도래할 앞으로의 시간들과 소통하며 그 속에 머무르고 있다. 키보드를 두드리며, 커피를 마시며 누구에게도 방해받지 않는 이 사색의 시간이 주는 멈춤과 머무름에 감사한다. 그러는 동안 작고 여린 꽃잎의 줄기는 어두운 동굴에서 벗어나 물이 오르고 색감이 입혀져 아름다운 세상으로 치유되고 있다.

머무름이 주는 유익을 생각한다. 작은 다이어리 속에 펜과 함께 머무를 때 흐트러졌던 내 시간들이 정리가 된다. 어제를 반성하며 내일을 준비하고 계획하는 소박한 머무름이다. 누군가가 건네준 시집 한 권, 아니 그 시집 속에서 만난 짧은 시 한 소절에 한참을 머물 때가 있다. 화자가 되고 대상이 되고 거울이 되고 용서가 된다. 꽃이 되고 낙엽이 되고 바다도 되고 산도 된다. '세월은 피부를 주름지게 하지만 이상을 버리는 것은 영혼을 주름지게 한다.' 언젠가 본 영화의 대사한 소절이다. 주름졌던 내 영혼에 온기가 더해지고 꿈을 덧입혀 반듯하게 다림질되는 사색의 시간들은 또 얼마나 소중한 머무름인가.

오직 나만의 행사를 도모할 수 있는 곳에 머물기를 즐긴다. 성전보다 더 자유롭게 나를 내려놓는 곳이다. 55조1982 클릭은 나와 인연이 된지 십수 년 된 애마다. 그는 한 번도 나를 외면하지 않았다. 늘 함께하며 지그시 바라봐 주는 너그러운 동반자다. 주행 중 나오는 둔탁한 소리로 맘이 자주 쓰이게 되는 요즘이지만 그 소음마저도 편해지는 우리가 되었다. 음악의 취향도 같아서 내가 듣는 음악이면 절대로 딴지 걸지 않고 함께 들어준다. 가끔 간절함이 필요할 때 나는 그 품 안에 머무른다. 큰소리로 눈물을 보여도 흠이 되지 않고 넉넉히 자리를 다 내어주는 그곳이 자주 머물게 되는 곳이다. 그와 주행하면 혼잡한 머릿속은 단순해진다. 그 품에 멈추어 있는 동안은 발가벗겨져도 두렵지 않은 내가 된다.

사람과의 만남에도 머무름이 있다. 정현종 시인의 「방문객」이란 시를 참 좋아한다. 한 사람이 오는 것은 그의 현재와 과거, 미래가 오는 것이다. 부서지기도 했을 마음이 오고 그의 상처가, 그의 일생이 오는 것이다. 라고 시인은 한 사람과의 만남을 큰마음으로 명료하게 정리했다. 그렇다. 홀연히 지나치면 안 되는 것이 사람과 사람 사이인 것이다. 소홀히 여기면 안 되는 숙명 같은 머무름이 남편이다. 부부란 억겁의 시간을 거치는 동안 나비의 여린 날갯짓으로 바위에 구멍을 낼 정도의 인연이라 하지 않았던가. 결혼한 지 서른두 해를 훌쩍 넘기어 살면서 이해 못 할 그 어떤 것까지도 끌어안아야 했고 함께 책임져야만 하는 숙명이 되어버린 인연이다. 현재를 살아가며 내일을 기대하고 협력하는 관계가 되어 가정이라는 공동체를 이루어간다. 서로에게 머무름으로 말미암아 이해와 안정을 찾으니 부부는 특별한 인연은 인연인가 보다.

몇 해 전 친구들과 함께 떠났던 터키 여행의 추억이 문득 미소 짓게 한다. 올림포스 마운틴 2,365m 고지 스카이라운지에서 맛본 에스프레소의 향기에 머무르면 지금도 행복하다. 고등어 케밥을 만들어 주던 여인의 까만 눈망울에서 본 이름 모를 슬픔에도 멈추게 된다. 괴레메 골짜기의 기암괴석들의 웅장함에서도, 스머프 마을에서 만난 키작은 체구의 카펫 짜는 여인들의 손놀림에서, 이슬람의 박해로 돌무덤 같은 집에 숨어 살며 지켜온 그리스도인들의 신앙 앞에서는 겸허한 머무름이 된다. 함께 여행했던 한 사람 한 사람이 기억 속에 머물며 오늘을 살아가는 힘이 되기도 한다. 기다려 주지 않는 시간들은 쏜살같이 달려가 버렸고 도래할 것 같지 않던 시간은 눈앞에 와 떡 버티고 있다. 조금씩 옅어져가는 기억마저도 하얗게 지워질까 멈춤과 머무름에 부단히 익숙해지려 한다.

튤립 향기는

소음 질펀히 감기는 도로변 초록 칼날 세우던 튤립대대 어긋난 잎 차렷하며 사열 중이었지 하얀 비 맞던 날 노란 등불 흔들리고 붉은 가슴 더 붉어져 보랏빛 시 속으로 파고들었지 매듭 하나 툭 던지고 매정하게 앞서는 널 붙잡지 못해 눈물 맺힌 하늘만 바라봤지 짧았던 너의 향기 아득히 멀어지고 완성되지 못한 시 한 소절 선명한 생채기 하나 남겼지

날개의 행방

몇 달째 침묵하던 주문 전화가

긴 수면에 들어갔나 보다

죽지 빠져 힘겨운 손놀림이

미세먼지 자욱한 회 빛 얼룩 속에서

시린 공허를 기름에 튀겨내고 있다

알바생의 고단이 묻어있는 치킨 집 매장

야금야금 수혈되던 퇴직금 잔고는 마비된 지 오래

쌓여가는 고지서 무게는 한숨처럼 길어만 간다

월세 독촉에 무디어진 혀는 미각을 잃고

지독한 매운맛에 길들여져 갔다

네온에서 흘러 너덜거리던 불빛이

어둑해진 청승을 더듬는 시각

거리를 활보하던 전단지가 발 아래로

소리 없이 내려앉는다

길 건너편

열 평 남짓한 신축 상가에

오픈을 앞둔 '또치킨집' 간판이

기중기에 매달려 땀방울을 내뱉고 있다
퍼덕이는 날개 아래로 살 한 점 뜯겨지는 소리
잠시 가슴 언저리가 아득하다

허정예

붉게 물든 나뭇잎, 짧은 만남 그리움으로
피어나는 가을 냄새…
여름보다 더 짙은 열정으로 피어난다.

+ 시 작품 | 비망록 | 태장면 고개 | 천상을 꿈꾸는 나비 | 아직도

P R O F I L E

방송통신대학교 국문학과·문화교양학과 졸업. 경기시인협회 이사. 수원시인협회회원. 국제 PEN
클럽회원. 수원 문인 협회회원. 수원문학 아카데미 회원. 동남문학회원. 시집 :『시의 온도』.

비망록

언제부턴가

가슴엔 초록 글들이 웅크리고 있었다.

팔랑대는 풀잎에 가슴 아리고

어지러운 마음 다독여

찔레꽃 핀 숲길 걷다 보면

꿈틀거리던 언어, 산수화 그린다.

가랑비 젖은 강가 서성이며

야위어 가는 그리움 강물에 띄워 보내고

땅거미 질 때면 젖은 별들이

하나둘 은하수 강 되어

시 언저리에 흐른다

무언가 잃어버리고 산 것 같은 막다른 골목

어느 날, 낱장 광고는

목울대까지 차올라 詩를 앓던 열꽃

분수처럼 뿜어 나오는 찰나

고여 있던 말들이 쏟아지는 언어의 울음

삶의 바다에서 건져 올린

마른 글들이 꿈틀거리며 출렁인다

태장면 고개

날계란 깨질까 걷던 그 길에
실바람, 어디선가 등꽃 내음이
싱그럽게 퍼져옵니다

어머니, 넘나시던 태장면 고갯길에
등나무꽃이 피었습니다

지금은 112번 버스가 넘는 길
눈 비바람 맞으며 광주리 이고
이 고개를 넘으셨다는 어머니

내일 팔 계란이 깨질까
언덕배기 이 길을 몇 번이나 쉬었을까
힘겹게 걷던 모습이
울컥울컥 가시로 피어납니다

밤마다 쑤시는 관절을 매만지며

가파른 삶 푸념하다
첫새벽 후다닥
광주리 이고 나가시던 어머니

태장면 고개에
포도송이처럼 영근 등꽃이
그리운 얼굴로 피었습니다

천상을 꿈꾸는 나비

 호스피스 병동의 끝자락 방
생과 사가 허물어 적막이 넘나들고
공기마저 무너져 내리는 그곳에
초콜릿을 좋아하던 그녀는
세상과 멀어져만 간다

생을 이어주던 탯줄이 끊기던 날
가녀린 육체와 함께하던
하얀 침대에 새겨놓은 마지막 판화
어지러이 물결치고
눈물로 하얗게 씻긴다

부챗살 같은 손과
삶의 무게로 무너진 어깨
쪼그라든 몸뚱이는 고치가 되어
창가의 안개꽃처럼 하얗게 산화하고
붉게 타오른 장미가 야속하게 느껴질 때

시계(視界)는 너의 눈을 감기고

시간(時間)은 너의 입술 침묵케 하고

시절(時節)은 너의 몸짓을 멈추는구나.

창가에 뜬 황홀한 무지개는

꿈인 듯 생생한데

흰나비 한 마리 창문 밖으로

사뿐히 날아간다

아직도

언제부터인가
가지 많은 사연, 이야기 길에서
당신의 애인이 되었습니다

꽃 순이 수줍음 새 가슴, 살포시
열릴 즈음, 당신은
하늘 아래 한 그루 나무였습니다

사계절 돌고 돌아도
그 자리에 눈망울만 껌벅일 뿐
心志 곧은 등대였습니다

움트는 생명의 신비에 가슴 뛰고
여름이면 푸름, 피워내는
신록의 언덕에서 마냥 부풀었던 꿈

가을이 물들어가는 오솔길
고독의 그림자 강가에 어리듯

쓸쓸히 사위어가는 당신을 바라보며

무수한 날
지독하게 둥지를 지키던
당신의 기량을 사랑했습니다

지나간 강물 위에 나이테 더듬으며
흰머리 한 올 한 올 늘어도
아직 난 당신의 애인입니다

박경옥

올여름, 몇십 년 만에 분꽃을 만났다.

조그맣고 여린 내 기억의 창고에서

이슬을 털고 있는 꽃잎처럼

오래된 우리의 인연도 어느 날 그렇게

왈칵 부딪혔으면 좋겠다

+ 수필 작품 | 3월, 그 바람꽃 같은 | 눈물 꽃 당신

+ 시 작품 | 손 | 분꽃

PROFILE

2008년 계간 『문파』 수필부문 등단. 2010년 계간 『한국시학』 아동문학 등단. 한국문인협회, 수원시인협회, 경기시인협회, 한국카톨릭문인회, 동남문학회, 동서문학회 회원. 한국문인협회 60년사 편찬위원. 계간 『문파』 편집위원. 동남문학상수상. 동남문학회 회장 역임. 저서 : 수필집 『발자국마다 봄』 공저 : 『마음을 심다』 외 다수. E-mail : beron1220@naver.com

3월, 그 바람꽃 같은

안개가 서린 듯 아슴아슴하던 하늘에서 어느새 하얀 꽃잎들의 춤사위가 시작된다. 나풀거리는 날개깃이 겨우내 그리움을 품고 삼월에 피어난다는 바람꽃을 닮았다. 소나무 가지 끝으로 꽃잎 하나를 사르르 떨구고 간다. 간혹 빈 나뭇가지 위에 머물다 선잠이 든 봄눈을 볼 때면 그 희고 연한 등 다독이며 자장가를 불러주고 싶다. 좀 더 오래 머물다 가라고 애원의 눈빛을 보내도 봄눈은 바쁜 일정에 쫓기듯 사라져 버린다. 피었다 지는 일은 누구도 붙잡을 수 없다. 거친 바람을 타고 흐르다 가장 높은 곳에 피어나거나 들 숲에 잠시 머물다 시들어가는 바람꽃처럼 소멸해 가는 삶이 문득 허허롭다.

'봄눈'이라는 말을 가만히 입속으로 되뇌면 입술 끝이 사르르 젖는다. 마치 '엄마' 하고 부르면 눈시울이 붉어지듯이. 스러지고 스미어들다가 아련하게 풍경으로 남는 춘삼월의 눈 사위는 저만치 후미진 구석에 접혀있던 또 다른 나의 내밀한 생을 깨우기도 한다. 지금쯤 고향집 마당 감나무 가지에도 소리 없이 봄눈이 피었다 지고 있을 것이다. 어디 봄눈뿐일까. 고향집을 생각하면 어머니의 정갈한 새벽이 청정한 빛을 세우고 꿈결처럼 다가선다. 관절의 통증에 구부러진 걸음걸이로 마당의 꽃나무들에게 제일 먼저 거름을 얹어주던 투박한 손마디가 아른거린다.

여릿여릿 보드라운 은백색의 솜털 같은 봄눈이 왔다가 가면 이제 곧 어머니의 꽃밭에는 사뭇 홍조를 띤 봄볕이 번질 것이다. 겨우내 숨 죽이고 있던 흙 속의 침묵이 술렁거리며 몸을 비틀고 일어설 것이다. 지난겨울 묵은 잎 다 떨구어내고 쓸쓸히 서 있던 감나무 둥치에도 여린 햇살 한 자락 휘감고 지나면 가지마다 연둣빛 물오르는 소리 자박자박 들릴 것이다. 그 곁에 선 대추나무 발밑에서도 새 봄에 풀어낼 수다로 간지러운 발가락을 꼼지락거릴 것이다. 장독대 옆 화단 어딘가에서 겨울잠 자고 있던 달리아 뿌리도 물기를 툭툭 털고 눈 비비고 있을 것이다.

가을 내내 담장을 넘나들며 달큰한 향내를 전해 주던 모과나무도 추위를 견디어 낸 가지들을 토닥이며 삼월의 훈김에 기지개를 켜고 있을까. 초록 대문 옆 울타리에 걸터앉아 하늘만 보던 넝쿨장미의 새순도 소복하게 올라오는 꽃밥을 쓰다듬고 있겠지. 이네들은 알고 있을까. 산으로 떠난 할머니가 마당으로 다시 돌아올 수 없다는 것을. 새순이 돋고 꽃이 열리는 길목마다 손등으로 감싸며 자분자분 말 걸어주던 할머니의 주름진 입술을 다시 볼 수 없다는 것을. 어쩌면 그들도 지나가는 봄바람에게 안부라도 묻고 싶어 담장 위에 그렁한 눈물 한 가닥쯤 걸쳐놓을지 모르겠다. 이즈음 나처럼.

소나무 가지에 피어나던 봄눈의 흔적은 어디에도 찾을 수 없고 어느새 고즈넉한 저녁을 통과하는 바람이 가지 끝을 흔들고 간다. 저녁의 어깨 위로 내리는 까닭 모를 이 울컥함은 무엇일까. 나에게서 멀어져가는 것들과 내가 떠나온 것들에 대한 아련함일까. 아무리 봄볕이 따사로워도 마당의 꽃들은 자기 속도에 맞춰 피고 진다. 잔뜩 움츠리고 있던 생명들이 눈을 뜨고 일어서서 누군가는 꽃잎을 먼저 열고 누군가는 새순을 먼저 틔운다. 누가 먼저이든 열망을 품은 절정의 향기는 늘 짧고 아쉽다. 피고 지는 일이란 늘 그렇게 아쉬움의 연속이다.

내 생의 정점에서 피워냈을 꽃향기는 지나갔지만 내 나이의 속도에 맞게 봄은 오고 또다시 꽃은 필 것이다. 발 아래 가장 낮은 곳 볕바른 양지에서 제비꽃이 함초롬하게 피어날 때를 기다리는 것처럼 버석거리는 내 안 어디쯤에도 시간의 쓸쓸함을 견뎌낸 존재의 꽃씨가 닫힌 몸을 열기 위해 안간힘을 쓰고 있을지 모른다.

옷깃에 묻은 바람은 차지만 은밀하면서 따스한 입김이 서린 3월의 허리를 바라본다. 무언가 간절한 열망을 품고 기다리는 바람꽃 같은 이 3월에 가뭇없이 떠나버린 어머니를 생각한다. 세월의 갈피 속에 접혀 있는 흑백 사진 같은 청춘도 불러본다. 자기 안에 무게 중심을 두고 사는 사람은 외로움을 모른다고 한다. 나는 바깥 어디쯤에 내 생의 무게를 두고 있을까. 외롭고 그리운 날이다.

눈물 꽃 당신
- 고 성복환 일병이 띄우는 영혼의 편지

　　그해 시월의 바람을 기억하나요. 뒷마당의 수줍은 살구가 귓불 노랗게 익어가던 첫날 밤, 달빛조차 부끄럽다던 당신의 웃음을 눕히고 나는 조곤조곤 우리들의 스무 살을 쓰다듬었죠. 내 생이 그렇게 환하게 빛나던 날이 또 있었을까요. 당신의 옷고름에서 떨어지던 그 단내 나는 시간은 지상에서의 내 유일한 사랑이었다고.

　　팔월의 폭염이 사립문으로 흘러들 때 어린 신부를 두고 떠나야 했던 내 이별은 누구의 잘못인가요. 학도병이라는 이름으로 포성이 빗발치는 전장으로 내몰린 나는 누구를 원망해야 할까요. 그날 당신이 삼킨 눈물은 살이 빠져나간 지금도 내 가슴뼈 사이로 흘러들곤 해요. 누가 알았을까요. 팔월과 시월 사이, 삶과 죽음의 경계에서 내 스무 살의 청춘이 백전고지 전투 두 달 만에 땅속으로 함몰되어버릴 줄 피로 물든 시월의 바람은 눈치챘을까요.

　　당신의 두 볼에 묻어있던 수줍은 향내가 그리워 밤마다 나는 살구나무 서 있는 우물가 뒷마당을 찾아가곤 했어요. 차희!* 내 어린 신부여, 창호지에 비친 당신의 야윈 그림자만 바라보다 돌아서는, 다시 돌아갈 수 없는 나는 허공을 떠도는 아득한 바람. 당신이 홀로 지샌 일

흔 세 번의 밤은 억겁의 시간이었다고 캄캄한 어둠 속 내게로 떨어지던 붉고 뜨거운 눈물.

　유해발굴단은 오늘도 여전히 나를 듣지 못하고 가는군요. 찢어진 내 뼈들은 언제쯤 당신 품으로 돌아갈까요. 앙상한 뼛조각을 기다리다 아흔셋 눈물 꽃이 되어버린 당신, 내가 당신에게 돌아가는 날 무덤 없는 무덤가에 핀 싸리꽃 한 아름 꺾어다가 기다림으로 깊어진 당신 얼굴 닦아 줄게요. 아직도 내겐 갓 스무 살 살구꽃잎 같은 나의 신부여!

---

* 김차희(93세)여사 : 1950년 10월에 전사한 성복환 일병의 배우자. 아직도 유해를 기다리고 있다.

손

한 움큼 쥐었다 펴니 텅 비었다
흰 꽃잎 피고 진 마디마다 나이테만 붉고
소나기 지나간 웅덩이에 뜨던 여우별도 가뭇없어
눈발 날리고 천둥이 녹고 부딪히고 깨어진 흔적
실개천으로 흥건한 해거름의 내 등굽잇길

분꽃

우리가 헤어지던 날은
깜두라지 열매가 익어가고 있을 때
밭둑으로 빗방울 조금 일렁였고 마른 갈대 조금 깊어졌고
은행나무 그늘 풀섶에 몸을 풀고 노랗게 흘러가고 있었지
아직 덜 여문 우리의 연애는 그렇게 가을 속으로 떠나갔지

나는 간혹 너를 못 잊고 또 때때로 잊기도 하면서
오래오래 저물녘을 생각했지
밤이면 휘몰아치던 열망에 대해 중독된 향기에 대해
미완의 사랑에 과대포장은 금물이라고 위안을 했지

낡고 헐렁한 날이 깜두라지 빈 꼬투리로 떨어지고
액자 속 우리의 안부가 옛날을 더듬고 있는 사이
어느 교회당 모퉁이에 한 무더기 분꽃이 피고 있었지
오후 4시에 문을 여는 꽃방, 기다림으로 흥건해진
까만 씨방이 흰 속살을 품고 여물어가고 있었지

생의 가장 극적인 순간은

박경옥

093

그렇게 다시 만난다는 것
분꽃처럼 또다시 저녁을 향해 꽃잎을 연다는 것
뜨거운 심장을 다시 세울 수 있다는 것

양미자

잔뜩 웅크렸던 삶이 '詩'라는 봄볕을 만나

크게 기지개를 펴 본다

+ 시 작품 | 소금밭에서 | 새벽 월영교 | 행궁노목

개구리, 우물 밖 세상을 내딛다 | 명절을 샀다

P R O F I L E

충남 논산 출생. 아주대학교 대학원 교육학 석사 졸업. 2006년『문학시대』시 부문 신인상 등단.
현) 동남문학회 회원, 계간『문파』회 회원, 수원문인협회회원. 16회 동남문학상 수상.

소금밭에서

한 뼘 소금밭
구월의 오후 햇살 하얗게 부서져 내리고
등 굽은 염부, 고무래질에 여념이 없다

갇힌 바닷물
지난날의 푸른 자유 아프게 덜어내
소금꽃 피우고 제 몸 말리면
육면체로 반짝이는 소금 알갱이 맺히곤 했지
별 무더기로 쌓인 하얀 섬
어머니의 고집스런 자존이었지

개구멍받이 어린 그녀
소금 창고 멍석 귀 빌려 잠재우고
삼키고 누르며
밀쳐내듯
소금 고무래 더 힘껏 미셨지, 어머니는

등 돌린 남편의 변방 떠돌다가

제 살점이었던 소금밭에 달려온 그녀,

어린아이 되어 귀퉁이에 쪼그리고 앉아

하릴없이 소금 한 줌 소르르 날려 본다

떨어져 흩어지며

하얗게 피는 울음 꽃

새벽 월영교

숨은 신의 손일까
안개 숲을 헤치고
빠르게 연필 스케치를 하고 있다
산 허리춤에 닿은 나무 다리 곡선
물떼새 앉으니 월영교와 산이 휘청거린다

생의 월척 한번 건져 본 일 없는 부부
하얀 어둠 속을 걸어 나와
엉켰던 어제를 물밑에 가라앉히며
새 삶의 낚싯줄을 펼친다

다리 난간에 기대어
휘어진 바늘에 찌를 꽂아 던지고
엊저녁 쏟아 내린 달빛의 영험으로
오늘을 입질한다

방금 낚아 올린 월척의 비늘이 하늘에 박혀

첫 기차를 토해내는 입 벌린 산을

푸르게 비추고 있다

행궁노목

화성행궁 뜰 안 육백살 느티나무
올해도 초록빛 봄을 내었다

밑둥이 검게 타버려 불구가 된 몸,
줄기 하나 가까스로 살려내 가슴에 품고
제 살을 까맣게 보약으로 달여
초록 이파리 수없이 피워냈다

뻐근한 상처 가슴에 안고 오래 달려와
위태로운 곁가지 살지게 보살폈나,
자랑도 허세도 아닌, 살아있다는 것
하늘에 명백히 지르고 있다

뒤주 속 사도세자의 넋,
정조대왕 가슴뼈에 시리게 파고들어
그의 효심 그믐달에 꾹꾹 묻었다
어미 혜경궁 홍씨의 진찬연 봄꽃처럼 피워
그의 아린 모정 그렇게 풀고

배고픈 민초들에게도 호사스런 떡 부스러기가
되었다 한다

노목(老木)은 관아 마당 한켠에 비켜선 채
정조의 바람 아직 다하지 못한
저 불멸의 사모
이백 년 세월 혼신을 다하고도 못다 한 일심
육백살 노구(老軀)로 허공을 힘껏 찢고 있다

개구리, 우물 밖 세상을 내딛다

낙엽 몇 점 한숨처럼 떠 있고,
오래된 우물 안
개구리가 느린 발헤엄으로 물이끼를 차면
숨었던 시궁창 냄새 연기처럼 번진다
진물이 마르지 않는 퉁퉁 부어오른 그의 눈두덩
온몸 사르르 맥을 놓을 즈음
세찬 빗줄기 옆구리를 걷어차더니
뒤집힌 우물이 하늘과 맞닿았다

물 위에 떠 있는 나뭇가지 지렛대 삼아
혼신으로 뛴다

우물 밖 세상,
햇빛은 그쪽만 비추고 있었던 게다

이슬 먹은 샛초록 풀 냄새
발끝에 닿는 융단 같은 여린 잎새
그에게도 들리는 바람의 노래
하늘 입은 개구리 눈치를 살핀다

조촘조촘 내딛는 새 땅

아직, 발끝이 시리다

명절을 샀다

바닥에 떨어진 멸치 부스러기에
수십 마리의 개미 떼 몰려있다

친정언니가 사는 마을에서 설을 앞두고 소를 잡는다 했다
마을회관 마당 한우고기를 사고자 빼곡히 몰린 여자들 틈에
나도 끼었다

얼굴 절반이 수염으로 덮인 사내
눈망울이 소 눈을 닮은 그가
날 선 칼로 살을 베어내고 있다
간간히 소주 한잔에 붉은 생살
한 점 입에 넣고 우물거리며
날生을 자르고 있다

더 좋은 부위 차지하려는 여자들의 거센 억척,
나도 다섯 시간 줄을 선 끝에
고기 서너 근을 샀다, 명절을 샀다

몰렸던 개미들이 고기 든 봉지를 들고 뿔뿔이 흩어진다

남정연

글을 쓴다는 것은 늘 힘겨운 작업이다.
그러나 다른 그 무엇보다 나는 글쓰기를 사랑한다.
당신도 내게 글쓰기가 되어줄래요?

+ 수필 작품 | 위로를 건네는 방법 | 친정엄마

PROFILE

전남 순천 출생. 계간 『문파』 신인상 수필 부문 당선 등단. 동남문학회, 문파문인협회, 한국수필회
원. 수상 : 제12회 동남문학상. 저서 : 『풍경 같은 사람』 외 다수. E-mail : 417nam@hanmail.net

위로를 건네는 방법

10월 말 동학사의 단풍은 얌전하다. 발을 내디딜 때마다 탄성을 자아내는 속리산 단풍과는 분명 다르다. 그러나 수령이 오래 돼 시간을 가늠할 수 없는 동학사의 나무에게서 풍겨 나오는 가을은 고풍스럽다. 나는, 우리는 오늘 화려한 가을보다 고풍스러운 가을에 위로를 받으려 고즈넉한 산사로 빠져든다.

몇 년 전 한창 청춘의 열병을 앓듯 마음이 몹시 힘든 적이 있었다. 어디로든 떠나지 않고서는 그 마음을 잠재울 수 없었고 안개처럼 속수무책으로 스며든 가을을 수월히 보낼 수 없을 것만 같았다. 그렇게 나는 쌍둥이 언니가 있는 대전으로 향했고 가을이 무르익어가는 동학사를 찾게 되었다. 이후 오랫동안 가을 동학사를 찾는 건 하나의 의식처럼 우리에게 자리 잡아갔다.

내면에 깊은 고독과 외로움이 깃든 언니의 얼굴은 그 깊이를 가늠할 수 없을 만큼 수심 또한 깊어 보인다. 희미한 미소 속에 번지는 눈물이 그래서 더 아프고 안타깝다. 밤 맛이 진하게 느껴지는 공주알밤 막걸리에 파전과 도토리묵을 곁들여 먹는다. 등 뒤로 가을 햇살을 받으며 엔젤 트럼펫이 활짝 핀 분 옆에 앉아 한낮을 만끽하는 소중한 우리들의 시간이다. 이즈음 조용한 가을 산사가 주는 선물이며 우리에게 건네는 위로이다.

굳이 뭐라고 위로할 말이 없다. 맞장구 칠 말 또한 없다. 언니가 얘기하는 모든 것들을 조용히 들을 뿐이다. 조금씩 나이 들어가나 보다. 드러낼 의가 전혀 없음에도 불구하고 언니가 하는 얘기에 꼭 토를 달았으며 서로 다른 가치관에 수용은커녕 끌끌 혀를 찼던 적도 있었다. 지금처럼 그냥 들어주기만 하면 될 터인데 나는 너무나 교만했다. 풍성한 가을을 넘어 다가올 겨울을 준비하는 자연의 겸손함처럼 나도 닮아가고 싶은 걸까.

　산사가 위치한 곳까지 산책을 한다. 걷는 동안 빼어난 단풍이 없는 것이 어쩌면 다행인지도 모른다. 거기에 마음을 잃어 공연히 마음이 들뜨지 않을까, 또는 앓고 있는 언니의 마음이 단풍에 대비되어 더욱 슬프지 않을까 하는 노파심이 달음질치기 때문이다. 알밤막걸리 한 병을 나눠 마신 우리는 적당히 오른 취기로 웃다가 울다가 가을 한낮에 그림처럼 파고든다.

　조용한 물속에 가을이 통째로 빠져들었다. 노랑, 빨강, 초록, 갈잎의 가을 잎들이 얕은 수면 위에 가득 뿌려져 있다. 그것들을 미련 없이 놓아버린 나무들이 처연하게 물속에 잠겨있다. 선명한 가을 하늘이 흰 구름 몇 점과 함께 가장 높은 곳에서 가장 낮은 곳으로 찾아들었다. 나무 다리 위에서 그 모습을 휴대폰 카메라에 담아놓고 보니 수채화가 따로 없다. 수채화는 내게 말한다. 위로는 이렇게 하는 거라고. 내 자신을 드러내기보다 조용히 낮은 자세로 들어줄 때 조화로운 것이라고. 그 모습이 진정 평화로운 것이라고.

명성에 비해 산사는 그다지 크지 않다. 절집 사이사이 야생화가 함뿍 피어있다. 구절초 무리 앞에 앉아 언니는 기도하듯 향기를 맡는다. 내 삶이 이처럼 향기 나기를 꽃에게 비는 걸까. 네 수수함을 닮아 내 삶이 조용하며 그윽해지길 기도하는 걸까. 경내를 둘러보고 내려오기까지 두 시간이 걸린다. 그 사이 엷게 오른 취기는 흔적도 없이 사라지고 없다. 마음 아픈 격정의 시간들도, 짓밟으려 날을 세우는 세상의 삿대질도 그처럼 흔적 없이 사라진다면 얼마나 좋을까. 위로는 내 목소리를 내는 것이 아니라 구절초처럼 있는 존재만으로 조용히 말을 들어주는 것인가 보다.

짧아진 가을 해는 집으로 올라가야 하는 나의 마음을 급하게 부추긴다. 점차 나이 들며 느끼는 또 한 가지는 언니와 만나고 헤어질 때마다 몹시 아쉬움을 느낀다는 것이다. 아쉬움보다 생채기에 가까운 이별이다. 엄마의 같은 자궁을 빌려 한날한시에 나온 쌍둥이가 40여 년을 에돌아 이윽고 반쪽이의 슬픔을 절감하는 것인지도 모르겠다. 반쪽이의 애달픈 기도를 또 다른 반쪽이 알아차린다면 그보다 더 좋은 위로가 어디 있을까.

위로를 건넬 때에는 많은 말이 필요치 않다. 그저 들어주고 그 상황을 이해해주면 된다. 진심으로 같이 울어주고 같이 웃어준다면 더없이 좋은 것을. 나는 그동안 너무 많이 내 입장에서 이야기했고 나의 의를 드러냈다. 겉으로는 위로인 척 내심으로는 얼마나 자고했던지. 그런 생각에 이르자 부끄러움에 얼굴이 다 화끈거린다. 단풍보다 더욱 빨갛게.

집으로 올라오는 기차 안에서 하염없이 눈물이 난다. 아픔 없이 행복하게 살면 얼마나 좋을까. 그래서 만나고 헤어질 때 조금 덜 생채기를 느낀다면 얼마나 좋을까 하고. 나의 울음과 나의 애달픈 마음과 나의 간절함이 네게 향하기를. 그래서 너의 얼굴에 고독과 외로움 대신 늘 기쁨과 환희가 가득 찬다면 나는 언제든 네게로 달려갈 것이다. 그렇게 나는 네게 위로를 건넬 것이다.

친정엄마

지인의 친정엄마가 돌아가셔서 장례식장 다녀오는 길이다. 암으로 오랜 투병을 하시다 다시 오지 못할 먼 곳으로 가을 소풍을 떠나셨다. 생전에 좋은 것만 눈에 가득 넣으셨나 보다. 생전에 늘 환하게 웃으며 남을 기쁘게 하셨나 보다. 단풍이 절정에 이르러 거리마다 동네마다 전구를 켜 놓은 것보다 더 환한 좋은 시절에 가셨으니. 그 단풍을 만끽하도록 날씨가 이리도 맑고 쾌청하니 말이다. 꽃길처럼 아름다운 단풍잎 사이로 아름다운 뒷모습을 보이고 가셨으리라.

지인을 포함한 네 자매가 어머니의 병수발을 극진히 하였다고 들었다. 항암치료를 위해 입·퇴원 반복하기를 과감히 멈추고 집에서 딸들과 음식을 해 먹으며 좋은 시간을 보냈다. 더러 시간 날 때마다 공기 좋은 곳에 딸들과 함께 여행을 가 그지없이 행복한 시간을 보내기도 했다. 그럴 때마다 출가한 딸들은 가정과 직장과 자녀들을 잠시 내려놓고 오롯이 친정엄마에게 집중했던 것이다. 복이 많으신 어머니이시다. 또한 효심 깊은 딸들이다.

생전에 어머니 또한 그렇게 고백하셨다 한다. 무슨 복이 있어 이렇게 병중에 호사를 누리는지 모르겠다고. 요양병원이나 병원에 감금 같은 입원을 시켜놓고 가끔 한 번씩 얼굴을 들이미는 여느 자식들과는 달리 집에서 편안히 그 여생을 보내게 하셨으니 진심에서 우러나오는 고백이 틀림없다. 남편과 자식들을 놓고 돌아오지 못하는 먼 길을 가셨지만 떠나는 발걸음이 무겁지 않으셨으리라. 자녀들의 효심 깊은 사랑을 가득 받아, 암세포들에게서 벗어나 훌훌 털고 자유롭게 날듯이 가셨으리라.

얼마 전 뮤지컬 〈친정엄마〉를 관람했다. 이화여자대학교 삼성홀에서의 시즌 마지막 회였다. 엄마, 특히나 친정엄마라는 단어는 생각만으로 벌써 가슴 저 밑바닥이 뜨거워지는 묘한 특수함을 지녔다. 700석이 넘는 넓은 객석을 가득 메운 열기가 배우들에게 가닿았을까. 그것이 아니더라도 배우들은 혼신의 연기를 하는 것이 당연하다고 여겼을까. 150분의 러닝타임 동안 배우들은 관객들을 울리고 웃기며 완벽에 가까운 노래와 춤을 보여주었다. 마치 혼신의 연기는 이런 거라고 알려주는 듯 맡은 캐릭터에 완벽하게 도킹하였다.

소녀이던 아이가 자라서 결혼을 하고 딸아이를 낳아 그 딸이 결혼하게 되면 비로소 친정엄마가 된다. 딸을 위해서라면 먼 길도 마다하지 않고 바리바리 이고 지고 와 딸 앞에 풀어 놓는다. 딸의 시집살이를 지켜보는 친정엄마의 속은 얼마나 아픈지. 사돈의 무례함이 유리 파편 되어 친정엄마의 가슴팍에 꽂힌다. 그러나 딸의 행복을 위해서라면 속울음으로 참아가며 예리한 유리 파편들을 다듬어 몽돌로 만든다. 친정엄마의 희생이고 능력이다.

자신의 병을 딸에게 숨기면서까지 엄마는 끝까지 딸에게 헌신을 다한다. 딸의 엄마의 엄마가, 즉 딸의 외할머니가 친정엄마를 데리고 먼 곳으로 가는 그 하얀 길은 모든 고단힘을 내려놓는 길이었다. 디불이 딸에게 그리고 관객들에게는 눈물 바다가 된 하얀 길이었다. 같은 여자로서 딸에게 느끼는 삶의 애잔함과 동류애가 있는 걸까. 유난히 친정엄마는 그래서 더욱 가슴 아리다.

아버지가 몇 년 동안 병원에 입원해 계셔서 엄마는 혼자 복실이와 함께 시골집을 지키고 계신다. 드나들 이 없는 조용한 시골집에 복실이는 골목에 다니는 차 소리에도 컹컹 짖는다. 여느 딸들처럼 엄마를 살뜰히 챙기지 못하는 나는 불효녀다. 멀다는 핑계로 자주 찾아뵙지도 못하면서 엄마 생각만 하면 눈물부터 흐르는 바보 같은 딸이다. 전화라도 자주 드려야지 하면서 그마저도 못하는 나는 정말 나밖에 모르는 못난 딸이다. 엄마가 아직 우리 곁에 계실 때 더 잘해야 하는데 그러지도 못하고 시간만 속절없이 흐른다.

여리고 작은 몸으로 자식 여섯을 낳고 평생 자식과 일밖에 모르고 사셨던 엄마. 그런 엄마의 노년이 마냥 행복하기만을 기도한다. 외롭지 않고 건강하기만을 기도한다. 지인의 엄마처럼 딸들에게 극진한 효를 받을 날이 기어이 오기를 기도한다. 그러니 제발 건강하게 우리 곁에 오래 계셔 달라고 기도한다.

이 땅의 모든 엄마들, 그리고 친정엄마들 부디 행복하기를 기도한다면 나의 오지랖일까. 그러나 기도하고 싶다. 그들의 삶이 마냥 순탄하지 않았음이 가늠되기에. '푸른 산 빛을 깨치고 단풍나무 숲을 향하여 난 작은 길을 걸어서 차마 떨치고 간' 지인의 친정엄마는 육신의 고통을 벗어나 많은 이들의 기도 가운데 더 아름다운 곳으로 훨훨 떠나셨으리라. 삼가 고인의 명복을 빕니다.

장선희

2019년,
올해의 내 감성을 그리고자 했다

+ 시 작품 | 지난 5월의 바람은 | 창밖 전경 | 산 중턱 구천에서 | 탄식

PROFILE

2015년 계간 『문파』 시 부문 등단. 문파문인협회회원. 경기시인협회회원.
E-mail : jaizim@hanmail.net

지난 5월의 바람은

숨겨 두었던 욕망을 쏟아내게 만드는 심리술사다
넓은 잎사귀들이 부딪치며 내는 소리와
쭉쭉 뻗은 복숭앗빛 속살을 살짝살짝 드러낼 때면
높은 과속 방지턱에서 내려와
심장의 찰나성같이 순식간에 오르가즘의 종을 친다
낮의 대기가 미끄러지듯 어루만지던
터질 듯 부푼 꽃망울
노란 송화가루 살포시 입혀 잔잔히 틔운 빠알간 꽃
슬며시 몸을 기울여 시간에 닿는다
움직이지 않는 바람은 없다
바람의 존재를 느끼지 못하는 것은 죽음뿐
나무가 새 옷을 입을 때마다 미처 털어내지 못한 내력,
은연히 떠도는 체념도 한동안 조용히 멎었다 다시
그 바람을 맞이한다
여전히 찾아오는 푸른 바람

창밖 전경

바람은 마치 공간을 감싸며 자연을 흔드는 듯
모든 걸 살아나게 한다
분명, 삐뚜름하게 뻗은 나무초리는
잠에서 깨지 않았다
바람이 잔가지들을 쓰러질 듯 흔들어도
길 위, 흑갈색나무는 소란한 인생 놀음에
무심히 흘려보내는 줄로만 알았다
알 수가 없다
어느 틈엔가, 창밖 너머 우뚝 솟은 나뭇가지에
꼼질꼼질 싱그런 풀색 부챗살이
여인에게 홀린 듯
바람이 이끄는 대로
습관적인 몸짓으로 교태를 부리고 있다

산 중턱 구천에서

산 중턱
구천에서 들려오는 종소리
누렇게 누운 메마른 보리밭 밟으며
창백한 바람이 서글피 우는
단조 음향 하나 들고
말 없는 소나무 숲 사이에 떨군다

황토 속살 드러낸 자리 위로
창공을 더듬더듬 찾아 날아온
한 마리 솔개
검은 수피 색 입은 나무숲 사이사이로
돌고 돌아 빠져나간다

탄식

언덕배기에서 들려오는 바이올린 소리
바람깃으로 녹슨 창틈 비집고 들어와 허밍 소리를 낸다
맵시 있게 다듬어진 음색 삐거덕거리는 현을 조이고
팽팽히 당긴 운율 공명 속으로 들어간다

타탁!탁! 바람 부는 대로 점점 불꽃 튀며 타는 희나리
소리는 정원을 환하게 밝혔다가 어둔 들풀 색으로 바꿨다가
얇은 책장 속 한 페이지마다 다양한 색채의 옷을 입고
부등호 같은 도시 위로 내려 놓는다

도심에 흐르는 비취색 강줄기처럼
쭉쭉 뻗은 소나무 같은 다리교각들처럼
늙은 플라타너스가 묵은 침묵을 깨고
강둑 위 어둔 밤길 등불 켜지듯 밝히길

세간의 시간 스쳐갈 때마다 색 바랜 노란 외줄이
거칠게 길들여진 성형된 차선 위 황색 신호 딜레마에
잠시 머물다 각자의 운명 길로 빠져 달린다

원경상

누가 이 가을을 불 질렀을까

비에 흠뻑 젖어도 훨훨 타오르는

가을 산 불꽃처럼

+ 시 작품 | 아버지 | 시집살이 | 바람난 선풍기 | 유월이 오면 | 악보

P R O F I L E

경기도 과천 출신. 계간『문파』시 부문 신인상 등단. 동남문학회장. 문파문인협회 부회장. 수원문인협회 회원. 저서 :『언어의 그림』. 공저 :『1초의 미학』『포도밭』외 다수.

아버지

해를 산에 묻고 돌아오는 길
땅 밟기가 송구하여
펑펑 울었다

그날부터 우리 집 베란다에는
볕이 들지 않았다

시집살이

얼마나 더 토해내야
이 깊은 잠에서 깨어날 수 있을까
신이 그린 화폭에 붉은 노을 한 점
검은 갯벌에 어른거리던 얼굴들
밤새워 울부짖던 거친 파도가
삼켜버린 그리움
멀리서 밀려오는 하얀 포말들
철썩~
처얼썩~

바람난 선풍기

우리 집 선풍기는
삼복이만 보면 좋아 죽더니
바람이 났나 보다
아버지가 그랬고
아버지의 아버지 할아버지도 그랬었다
삼복이와 선풍기는
더위만 찾아오면
낮이나 밤이나 늘 붙어 다녔다

유월이 오면

남북으로 갈라져

총부리 마주 대고 죽어간

영령들의 눈물인가

태극기가 비에 젖어 운다

치열했던 화살 고지 전투

빗발치던 총탄 앞에 쓰러진 전우

핏빛으로 물든 산하

조국은 하나 것만 승자 패자 어디 있나

살아만 돌아오길

물 떠놓고 기도 올렸건만

불을 뿜던 포 울음은 그쳤는데

여보 당신 내 아들 울 아버지 어디 가셨나

조국의 부름받고

허공으로 부서진 이름이여

님을 위한 순례 길에

하늘 가른 불빛이 내린 된 서리로 물든다

악보

백지 위에
오선 사 칸 마디 지어 세우고
굵고 가는 콩나물 널어놓았다
휘파람 불면 바지랑대 하나 없는 곡조가

심금을 울리고 세상은 웃는다
과거와 현재와 미래를 넘나드는
시공 속의 만국 공통어에
어깨춤을 더하니 그 맛이 깊다

정정임

시장 속으로 걸어 들어가는
시계 발자국 소리

+ 시 작품 | 맛있는 시 | 당신의 그림자 | 공사 중 | 아가에게 | 널 그리며

P R O F I L E

충남 아산 출생. 계간 『문파』 시 부문 당선 등단. 동남문학회, 수원문인협회, 문파문인협회, 경기문학인협회 회원. 제14회 동남 문학상 수상. 저서 : 공저 『문파대표시선』 외 다수.

맛있는 시

번뜩 스쳐가는 언어
재빨리 낚아채서
마음의 그릇에 담는다
아무도 모르는 나만의 레시피
발그레한 색을 입힌다

잘박잘박 가슴속에서
익어가는 언어
입가에 맴돌다 사르르 녹아 내리면

반짝반짝 떠오르는 생각
햇빛 속을 걷는다

당신의 그림자

힘들겠거니
아프겠거니
조금만 쉬었다 하지
그저 바라볼 때만 해도
사랑인 줄 알았습니다

돈 봉투의 두께만큼
파스를 붙여주고
자고 나면 괜찮다는 당신의 말 한마디
철썩같이 믿었을 뿐
내 발등에 불이 떨어지지 않아
뜨거운 줄 몰랐습니다

아픕니다
당신이 아프니 내 맘이 아픕니다
슬픕니다
당신이 슬프니 나 역시 슬픕니다

힘듭니다

당신이 힘드니 나 또한 힘듭니다

내가 당신이듯

당신이 나이니까요

공사 중

몸속에 난 길 위로
차가 들어온다

술
담배
커피

방향을 잃은 차들의 질주
내 몸을 달린다

긴 터널을 지나
생명선을 넘어선 차들
싸이렌 소리 요란하다

좁은 관 속으로
덤프차가 지나가자
혈관을 막아서는 어두운 피

메스를 든 병원 입구에는

공사 중 팻말이 세워진다

아가에게

아가야!
넌 나이니라
발가벗은 몸으로 태어나
호흡이 멈출 때까지
오로지 나이니라

아가야!
넌 나이니라
내 몸에서 뻗은 줄기이며 귀한 열매니라
네 몸이 아프면 내 몸도 아프다는 것을
명심하고 귀히 여기니라

아가야!
무엇이 먹고 싶으냐
무엇을 바라보느냐
너의 마음이 움직이는 대로
내가 먼저 반응하리라

아가야!
꿈을 꾸거라
솟아난 태양과 같이 세상에 우뚝 서거라

아가야!
어미의 젖줄을 힘차게 빨거라
사랑이 있는 한 너의 자양분이 될 터이니
무엇이든 두려워 말고 힘을 내거라

널 그리며

널
생각하면 웃음이 나
널
생각하면 후회가 돼
그리운 기억이
내 가슴을 두드린다

서성이다 서성이다
멀어지고 멀어지는

멀어지다 멀어지다
몽글몽글 피어나는

내 마음속 일렁이는
너울성 파도
그리움

전찬식

오늘 다시 경건한 맘으로 마주 서서
그의 영혼에 대한 오독이든
모독이나 오용 따위 다 버리기로 했다

PROFILE

충남 금산 출생. 침례신학대학 졸업. 2017년 『한국시학』 신인상 등단. 한국문인협회, 경기시인협
회, 수원문인협회, 수원문학아카데미, 동남문학회 회원. 제6회 동남문학상 수상.

희망에 대하여

인간의 앞날에
희망이 있는지를 논하라

까마귀들은 검은 소리로
갈매기들은 나는 소리로
벌레들은 기어가는 소리로
나무들은 바람소리로
각자 논문 발표하느라 바쁘다

날거나 길 수도 없는
어정쩡한 존재 인간만이
글자를 만들어 별의별 주장
격식 갖춰 쓰다가 고치기를 반복하며
땀을 뻘뻘 흘리고 있다

아무도 감히 이 논제에 대하여
시비를 못한다, 그것 참

바다에 와서

　자연은 변화하는 사람을 선택한다 변화무쌍한 바다야말로 어족들을 품겠구나 바람이 불지 않아도 저 철썩거리는 물결 물고기들이 숨을 고르고 있다

　생이 바다 세상이 바다 거기 생명들의 고향

　떠난 자들은 땅으로 땅에서는 하늘로 삶의 영역을 넓혀가는

　헤밍웨이의 노인과 바다 죽도록 어둠과 파도 상어 떼와 싸워 거둔 뼈만 남은 물고기, 허탈

　사람들은 전쟁을 즐기지 전쟁 없는 나라는 청년들이 기꺼이 용병으로 나가지 우리도 한때 베트남전쟁 용병으로 나가 베트남 사람들 많이 살육했지, 끔찍해

　전쟁이 끝나면 저 멀리 성당에서 울려오는 종소리

　누구를 위하여 종은 울리나? 탕!

　출렁, 물결이 몸을 뒤집더니 별안간 탕! 탕!

　젊은 베르테르의 극단을 선택하는 총소리 귓전을 때린다

　헤밍웨이는 진짜 갔지 괴테는 열심히 오래도 살았지만 행복을 누린 날은 기껏 일주일이었다지… 바다에 와서 나는 '변화'라는 화두 한 마리 낚시질해서 돌아왔다.

네일 아트 nail art

낙엽을 쓸어내면서 생각한다
청결은 뭔가를 버리고
남은 자리 곱게 가꾸는 거라고

몸의 일부를 싹둑 도려낸다
떠난 놈은 없는 놈
남은 놈 가꾸느라
번쩍거리는 진주 아낌없다

앞으로는 남을 할퀴거나
발톱 세울 일 없겠다
짓밟을 일도 없겠다
평화조약 서명 잉크가 빛난다

낙엽

푸른 시절의 치열했던 삶

탁발을 내려놓은 지금
바람처럼 가볍다

백 팔 번뇌 다 끊어낸 자리
남은 것은
찻잎보다 짙은 그대 향기

나무

- 여름나무

따가운 눈총을 은총으로 읽어내는 여름나무
굵은 팔뚝마다 힘이 넘쳐난다
눈 깜짝할 새 짙푸른 세상
벌레들 꼬이고 새들 날아든다
거나한 잔칫상에 노래도 절창이다

어리석은 존재는 안드로포스뿐
계절을 읽지 못하고 시대를 탓한다
정체성 타령에 빠져
하늘에서 내리는 은총을 눈총으로 오독한다

태초부터 땅의 주인으로 존재한 나무
깊이 내린 뿌리 내공이 깊어
가히 넘볼 수 없다
그의 어깨에 기대어 열매로 살아가는 우리

그를 오독하는 순간 생명보다 선악 분별이 앞선다
십자가를 만든 건 오용의 극치다

오늘 다시 경건한 맘으로 마주 서서

그의 영혼에 대한 오독이든

모독이나 오용 따위 다 버리기로 했다

박정화

내 삶의 가을에 서서
잘 익은 홍시같이
예쁘게 곱게 늙고 싶은 소망 하나와
눈물 한 방울 흘려줄 뜨겁고 깊은 작품 하나
만들어 보고 싶은 욕심 하나뿐
그저 부끄러움은 제 몫인 줄 알면서…

+ 시 작품 | 빈집 | 목마름

+ 수필 작품 | 뒷골목

PROFILE

1948년 대구 출생. 동남문학회 회원. 계간 『문파』 신인상 시부문 수상.

빈집

고요가

비 묻은 안개처럼 깔린 어스름 녘

일상인 그의 부재에

저녁연기 사라진 마른 굴뚝

먼 길 간 듯 식어버린 부뚜막엔

검버섯 같은 진통만 익고 있다

송진 껌처럼 체념을 되씹고 살아도

접히지 않는 풀 먹인 자존

대문 미는 어떤 기척에도

빈집인 듯 숨죽이는 부끄러움

목마름

비어버린 폐광에
메아리가 된 상실이 넘실댄다
아득함 끝
행여의 미련으로 줍는 이삭들
탐욕마저 보태진 갈망에
자존은 멀미를 앓고
겨자씨만 한 알갱이 한 알 위하여
마른 관절에 에스프레소 한 잔 처방한다

한 방울 떨어지는 눈물이 너였음 좋겠다
늦게 온 자책과 내 진열장의 가난과
유통기한 끝나가는 나의 소멸로
압착된 심장에 피가 갇힌다

뒷골목

우리나라의 중심지인 서울 종로 거리에 오래되고 숭고한 역사를 지닌 탑골 공원이 있다. 일제 강점기 때 3.1 만세를 불렀다는 연유에서 3.1 문이라고도 하는 그 앞을 지나게 되면 숙연한 마음 금할 수 없다. 손병희 등 민족 대표 33인이 서명한 독립선언서가 이곳의 팔각정에서 낭독되었고 시민들과 학생들의 만세 운동이 대대적으로 펼쳐진 역사의 현장이기에 그 앞을 지나칠 때면 다시 한번 옷매무새를 여미게 되는 마음이다. 긴 세월을 버티어온 나무들의 의연함이 역사를 대변하는 것 같은 이곳에서 이상하고 수치스러운 뒷골목의 역사가 이루어지고 있다는 소문이 오래전부터 나돌고 있다. 그러한 부끄러운 민낯을 감히 들여다본다는 것을 우려하면서도 조심스럽게 열어본다.

외국인이나 학생들이 역사탐방을 하던 이곳이 언제부터인가 노인들의 놀이터가 되어버렸다. 사행 심리를 부추기는 장기판과 윷판이 공공연히 이루어지고 마이크를 설치해서 공원이 떠나가도록 노래를 불러대기도 한다. 세상에서 밀려난 노인들의 허허로운 마음에 몇 잔의 막걸리가 들어가면 나라님 죽이기는 다반사고 정치판 뒤집어엎다가 논리의 동상이몽으로 서로 멱살잡이까지 한다. 공짜 전철 타고 와서 무료급식으로 점심 한 끼 해결하고 종일을 이곳에서 긴 시간을 메

꾸며 살아가는 노인네들, 이것이 현재 우리가 당면하고 있는 현실이다. 그리고 얼마 남지 않은 세월을 억지로 버티고 있는 그들의 얄팍한 쌈짓돈을 긁어가는 젊은 할머니 팀들도 있다. 박카스 아줌마라는 주홍글씨를 달고 하회탈 같은 주름진 웃음을 던지며 윤락을 서슴치 않는 그들, 도덕과 윤리가 아니어도 최소한 사람의 값마저 하지 못하는 시궁창에 처박힌 그들의 오늘을 역사는, 후세들은 뭐라고 평가하고 조명할까.

화이트칼라들의 퇴근으로 종로 3가 지하철역은 만원이다. 삶의 피곤이 무겁게 일렁이는 역사 한쪽 계단에 쪼그리고 앉아 꼬깃꼬깃 접힌 지폐를 소중한 듯 펴서 세고 있는 그녀, 육십 초반쯤으로 보이는 그녀를 보는 순간 직감으로 알았다. 종로에서 밥집을 한 지도 꽤 오랜 세월이어서 그들의 얘기가 낯설지 않았고 그들의 행보에 많은 궁금증과 수치심을 가지고 있던 터라 작심하고 다가갔다. "혹시 옛날에 대구에 살지 않으셨어요?" 이웃의 언니를 너무 닮았다는 너스레를 떨면서 다가선 내게 수월하게 경계심을 풀어 주었다. 종각에 있는 내 가게까지 오는 것은 그다지 어렵지 않았다. 두어 가지 안주와 몇 병의 맥주에 그녀는 고마워했고 몇 잔의 술기운이 그녀의 속내를 열게 했다. 주절주절 읊어대는 그녀의 하소연으로 나는 그녀의 이력들과 지금의 실정들을 내 가슴에 담았다.

나처럼 일찍 혼자가 되었다고 했다. 식당 설거지로 딸년 아들놈 하나씩 겨우 중학교는 보냈다고, 집 한 칸 없이 지하 셋방으로 전전하면서도 열심히 살았다고 했다. 중학교 졸업하던 해 딸년은 가출해 아무 소식 없고 아들놈은 공사판 전전하다가 여자 하나 데려와 살더니 남매 낳아놓고 집 나가버렸다고 했다. 인생 다 살았다며 매일 술타령하던 아들놈 사고로 죽어버렸다고 하면서 울음 같은 한숨을 수없이 토했다. 휴지도 줍고 설거지도 하면서 남겨진 손자 손녀 떠맡아 안고 허리가 휘고 관절이 바스러지도록 일을 했지만 역부족이었다고. 무리한 노동으로 병든 몸을 시름시름 앓고 있을 때 건넌방 아줌마가 이끄는 데로 박카스 팔러 나왔다가 몸뗑이까지 팔게 되었다고 쓴웃음 흘린다.

"한 사람에게 이만 원도 받고 만오천 원도 받아요. 재수 좋으면 하루에 십만 원도 벌어요. 내 몸뗑이가 뭐가 그리 대수 간디요 이 돈 가지면 부자 부럽지 않게 사는 디요. 한 삼 년쯤 하다 보니 지하 셋방도 면하게 됩디다. 부끄럽지 않아유, 저승 가서 지옥 간들 무슨 상관 여유 내 손자 손녀 공부 시키고 입에 밥 들어가면 좋지 않남유?" 자기처럼 그렇게 살아가는 사람이 탑골 공원 안에도 많다고 했다. 가진 것은 병든 몸 하나뿐이고 다른 방법 있냐며 외려 내게 물어오는 그녀는 묵묵히 술잔만 쳐다볼 뿐이었다. 머리가 희끗희끗한 나이에 허름한 뒷골목 여인숙 방에서 막걸리 냄새 꾸역꾸역 올라오는 노인에게 몸을 맡겨야 하는 그들은 오히려 죽음이 안락이지 않을까? 죽어버릴 수 있는 자유마저 없다는 그녀의 절규 같은 말 속에 손자 손녀의 까만 눈동자를 만난다. 방법조차 모르면서 그들의 민낯을 보려 했던 나의 만용이 부끄러웠던 하루였다. 몇 잔의 술에 감내 폴폴 풍기며 발그레한 얼굴 숙이고 걸어가는 그녀의 왜소한 뒷모습에 나는 내가 가진 게 너무 많아 미안함을 느꼈다.

생존해야 하는 절박함만 있을 뿐이다. 수치와 모멸 따윈 옷 벗을 때 팽개쳤다. 생존의 방편일 수밖에 없는 그들의 행보를 무슨 자격으로 손가락질할 수 있을까? 가난한 나라에 태어난 것과 무능력한 높은 사람들과 나눌 줄 모르는 집단의 이기로 주홍글씨를 새기고 뒷골목으로 숨어든 그들, 누구도 해결하지 못하는 난제지만 이러한 상황들을 역사는 어떻게 조명할까. 아이러니하다. 숭고한 독립 만세의 현장에서 일어나고 있는 이러한 일들을 이해하기엔 나의 사고가 성숙하지 못하고 편협한 것일까? 명치에 뭐가 걸린 것 같다. 오늘은 소화제가 한 알 더 필요하겠다. 종로 2가 연합뉴스 꼭대기에 피폐한 서울의 삶이 일렁인다.

정건식

점 하나 또 찍었다
생각 이상의 얼굴이 그려지고 있다

+ 시 작품 | 농익다 | 고추잠자리 | 책방 | 비움 | 바람교향곡

P R O F I L E

경기 출생. 계간『문파』시 부문 신인상 당선 등단. 계간『문파』회원. 동남문학회원.
동남문학상 수상. 저서 : 공저『껍질』외 다수.

농익다

서녘 노을 질 때까지
그림자 지우지 못하고 있다

플라타너스 큰 잎새
석양을 포옹한다

들녘 베짱이
볏 잎에 시 한 수 널어 논다

휘영청 뜬 달
만만대해에 금 거울이다

농익은 향기에 전신 황홀하다

가을밤

고요

풀잎 향기 새벽을 걷고 있다

그림자 지워진다

고추잠자리

햇살 등에 업고 고춧대에 앉아
꼬리 꼿꼿하게 세웠다

매운 향기

은빛 날개 물들였다

더 빨개졌다

가을밤

깊어간다

고춧대에 앉아

밤이슬 덮는다

책방

시인의 상상력

그 속에
파묻히고 싶다

책장 넘기는 소리

종이 묶은 냄새

눈으로 쓴 글자

문턱 건너
가을 오는 소리

시 한 편 쓰면서

하루를
보내고 싶다

비움

찻잔에
세월 흐르는 소리 담는다

이끼 낀 세월 살면서
혼을 불태워 생의 이음줄 잇는다

덕지덕지 눌러 붙은 이끼
한 겹 두 겹 떨어지는 소리를 먹는다

지금껏 살아온 세월의 작은 흔적
천 갈래 만 갈래 찢겨나간다

찻잔이 비워진다

생의 들레를 돌던 이음줄
세월이끼 한 조각 덮고 평온하게 눈 감는다

바람교향곡

우주를 휘감는
오케스트라 단원들이 악기를 조율하고 있다

지휘자 없는 지휘봉 색칠한다

풀피리 소리에 서막을 알리는
우주 공간의 커튼이 올려진다

천년 바위 뿌리 심는다

하늘에 늘어뜨린 가을

콘트라베이스 굵어진 코러스

귀 기울인다

가을이 타고 있다

박진희

잊을만하면 한 번씩 꿈으로 만나는 그곳.
내 어린 날을 온통 물들였던 낡은 흑백 사진처럼
아련한 추억 속 그곳의 그리운 풍경들이 마음의 전경으로 떠오른다.
나의 허기진 유년의 아랫목에서 젊은 엄마는 늘 그렇게 웃고 있었다.

+ 시 작품 | 숟가락과 젓가락 | 신발 한 짝 | 고구마

P R O F I L E

경기도 화성 출생. 방송통신대학교 국어국문학 졸업. 서울디지털대학교 문예창작과 재학중. 동남
문학회 회원. 2019 정조대왕 숭모 전국백일장 입선. 수원시 2018년 상반기 인문학글판 창작시
우수상 수상. E-mail : pjh199803@naver.com

숟가락과 젓가락

얼마나 한결같은 모습인가
한우리 속에 살면서도
동상이몽으로 한나절이 가면
부대낀 시간의 이끼를 걷어내듯
서로가 서로를 부둥켜안는다

늘 마음은 딴 곳에 가 있다가도
어느새 어깨를 나란히 할 시간이 오면
한결같이 맨몸으로 한곳을 바라본다

나와는 어떤 인연으로 한 식구가 되었을까
적당히 살고 싶은 저녁
숟가락과 젓가락을 집어 든 손에
하루의 무게가 실린다

신발 한 짝

어느 집 가장의 신발일까

어디서 왔는지 알 길 없는
신발 한 짝,
헌 옷 수거함이 물고 있다

헐렁해진 오후의 틈새로
또 한생이 지려 한다
죽음은 늘 이렇게 산 자를 위로하듯
한걸음에 떨쳐 낼 수 없는 것

생은 버리려는 자에게 더 악착같아서
세숫대야의 구정물처럼 버려도 버려도
얼룩을 남기지

마딘 잡초처럼 평생을 밟히고도
말을 삼키시던 아버지

헐거워진 당신을 받치던 낡은

신발 한 짝,

당신이 살아낸 삶의 이력(履歷)을 읽는다

고구마

어제 먹다 남은 고구마
식탁 위에 무심히 누워있다
이젠 찬밥 덩이가 되어 버린 몸
홀로 남아 빈 집을 지킨다

한때
방바닥에 맨살 부대끼며
서로의 끼니를 걱정하던 시절
삶은 간혹 까끌거렸지만
식지 않는 온돌처럼
마음만은 따뜻했었지

삶이라는 게
늘 단단할 수 없어
때로 물컹거렸고
덜 마른 장작처럼
그을음만 남더라

한고비 깊어진 저녁
누군가에겐 그리움으로
또 누군가에겐 뻑뻑한
목메임으로 남을 것이다
가분 재기 홀연 떠나간
어느 날의 아버지처럼

최화숙

가을빛이 노랗다
참 맑다. 그리고 참 따뜻하다
등을 토닥혀주는 사람들이 있어 참 좋아

+ 수필 작품 | 호숫가에서 |버려진 액자 | 삶의 선율

PROFILE

동남문학 회원. 중국 하얼빈 문학동호회 활동.

호숫가에서

　　살랑살랑 시원한 바람이 두 볼을 간질이는 산책하기 딱 좋은 날이다. 이런 날은 집에만 있기에는 너무 아까운 날인 것 같다. 발길 닿는 대로 걷다 보니 어느덧 호수공원 입구에 이르게 되었다.

　딸이 결혼을 하면서 정착한 곳이 바로 오창 호수공원이랑 가까운 곳이다. 산책 겸 내가 자주 찾는 곳이기도 하다. 공원 입구 보행도로를 따라 호숫가를 한 바퀴 돌다 보면 바로 호수를 마주하고 작고 아담한 산등성이가 보인다. 이 중간쯤에 산을 오르는 등산로가 있다. 불과 얼마전만 해도 한여름의 무성하던 숲이 어느새 울긋불긋 오색단장으로 탈바꿈을 하고 가을빛에 온몸을 붉게 태우고 있는 모습이 한눈에 다가온다. 바람에 하늘하늘 몸을 움직이는 나뭇잎들은 호수에 첨벙첨벙 미역이라도 감는 듯 잔잔한 물보라를 이루고 있었다.

　하는 것 없이 바쁜 일상 속에서 일부러 시간을 내어 명산지로 단풍 구경을 간다는 것은 생각뿐이지 그리 쉽지가 않다. 오늘 나는 바로 호수 공원에서 깊어가는 가을의 정취를 마음껏 맛보는 듯하다. 저 푸른 하늘과 형형색색의 단풍과 호수가 어우러져 마치 동화 속의 아름다운 한 장면을 연출하기라도 하는 것만 같다.

　수평선 너머를 내다볼 수 없는 넓은 바닷가에 서면 성난 사자마냥 끊임없이 표효하고 출렁이는 억센 파도 소리에 나는 당장이라도 휘

말려 들것만 같은 공포를 느낄 때가 있다. 하지만 호숫가에 오면 잔잔하게 굽이치는 물보라가 마치 내 마음에 떠오르는 여울소리가 들려오는 듯 나를 설레게 한다.

키가 작달막 한 나는 높은 힐에 나팔바지를 입기 좋아했다. 세월 앞에는 장사가 없다더니 중년에 이르자 언제부터인가 여기저기 적신호가 오는 것을 느끼게 된다. 지난해부터는 관절이 안 좋아 계단을 오르내리는 것도 힘이 들었다. 이곳은 이런 내가 오르기에는 딱 좋은 높이의 산이어서 부담을 느끼지 않아도 된다. 산 아래서 정상을 올려다볼 수 없는 웅장한 산보다 능선 길을 따라 오르는 산이 좋다. 손을 잡고 희희낙락 웃음 지으며 산을 오르내리는 연인들도 만난다. 능선 길 맞은편에 큰 도로와 건물들이 훤히 내다보여서 혼자 산책을 한다 해도 두려움 같은 건 느끼지 않아도 된다는 안전감이 더욱 내 마음을 사로잡는지도 모른다.

삼삼오오 산책하는 사람들 뒤로 나는 조용히 호숫가를 한 바퀴 돌고는 바로 등산로로 접어들었다. 한여름의 바람과 폭풍을 견디면서도 푸름을 잃지 않고 이 가을에 더 붉게 타오르는 단풍으로 아름답게 마무리를 준비하고 있는 자연의 섭리 앞에서 나는 잠시 걸음을 멈춰본다.

내 나이도 이젠 이쯤이면 가을의 언저리쯤에 와 있지 않을까? 나는 과연 이 자연처럼 순응하며 온전한 나의 모습대로 살고 있는지 자신에게 의문을 던져본다. 흔들리지 않고 피는 꽃이 없다고 어느 시인이 말했듯이 이 세상을 살아가면서 아픔을 경험하지 않은 삶이 또 어디 있으랴. 다만 삶의 방식이나 길이 다른 만큼 그 아픔의 크기도 다를 뿐이다. 내가 지나온 날들을 돌아보면 삐뚤삐뚤 굴곡이 많은 길이었지만 내가 걸어온 발자취 뒤의 흔적들이 오롯이 찍혀있는 순간순간들이 나에게 더없이 소중한 경험이었던 것 같다. 말로는 마음을 비워야지 하면서도 실제로는 늘 주제넘게 남의 행복을 탐하고 다른 사람의 삶에만 귀를 기울이며 살았던 날이 더 많았다는 생각이 든다. 그 까닭에 내 마음속 소리는 들을 여유가 없었는지도 모른다. 어찌 보면 내가 가지고 있는 소유들이 충족했음에도 그것들을 활용할 생각을 하지 못했던 것 같다. 그냥 덤벙덤벙 빠른 세월만 뛰어넘느라 숨이 가빴다고 말하는 편이 더 나을 것 같다. 여러 사람들이 모여 구구절절 이야기도 나누며 함께 즐기는 것도 좋지만 이렇게 혼자서 조용히 자연과 마주하고 가을 소리를 들으며 나만의 생각에 잠겨보는 것도 어쩌면 흐려진 마음을 추스르는 시간이 된다는 생각이 든다.

지난날의 봄과 여름을 지나오면서 나는 어떤 모습으로 살아왔으며 무엇을 꿈꾸어 왔는지 중요하지 않다. 이제부터라도 마음의 여유를 가지고 조금은 느슨하고 조금은 잔잔하게 나 자신을 곱게 예쁘게 물들이고 싶다. 바스락 바스락 낙엽 소리가 저 멀리서 누군가 책장을 넘기는 소리처럼 다가온다. 지금 이 순간 내 마음은 그 어느 때보다 더없이 평온하고 초연하다. 나는 지금 가을을 향해 걸어가고 있다. 나뭇잎 사이로 비쳐오는 한 줄기 햇살이 내 머리 위로 살포시 내려앉는다.

버려진 액자

비가 내린다. 뿌옇게 가려진 하늘에서 봄비가 추적추적 내린다. 따끈한 커피 한잔 들고 창가로 다가섰다. 닫혀진 창문 사이로 비에 젖은 대지의 구수한 흙 내음이 내 폐부를 스치고 탐탁한 집안의 구석구석을 헤집고 들어왔다. 저 멀리 마주 보이는 산자락엔 연둣빛 파란 풀들의 고갯짓이 단비에 젖어 앙증스레 가물거리는 것만 같았다.

이런 날은 밥을 먹고도 왠지 속이 비어있는 느낌이 든다. 입은 궁금한데 딱히 먹을게 떠오르지 않았다. 갑자기 어려서 엄마가 해주던 부침개가 먹고 싶어졌다. 장바구니를 들고 밖으로 나왔다. 겨울을 지나 내리는 봄비어서 그런지 우산 속으로 스치는 빗줄기가 내 볼에 닿을 때마다 차갑게 느껴진다.

몸을 움츠리고 걷고 있던 나는 쓰레기 수거함 옆에 대자로 세워진 큰 액자에 눈이 갔다. 화려한 벚꽃을 배경으로 마주선 남자와 여자, 용광로처럼 달아오른 두 눈빛은 사랑이 톡톡 튕겨 나오는 것만 같다. 흰 셔츠에 나비넥타이를 매고 정장을 받쳐 입은 신랑의 꼭 껴안은 밀착된 두 몸뚱이 사이로 바람마저 새어들 틈 없이 사랑에 퐁당 빠진 듯 행복감이 묻어있었다. 이렇게 애틋한 한 쌍의 원앙이 어떠한 피치 못할 사연이 있어 흔한 비닐 하나 씌워지지 않은 채 사람들이 오가는 길목 쓰레기장에 버려진 것일까?

사랑이란 참 미묘한 밀고 당기는 고무줄 같은 관계가 아닐까 싶다. 이 액자 속의 신혼부부도 웨딩 촬영을 하는 순간만큼은 얼마나 설레고 격동되었을까? 서로에 대한 믿음과 신뢰, 앞으로의 희망으로 가슴은 또한 얼마나 쿵쿵 뛰고 벅차올랐을지 모른다. 가족과 친지들의 뜨거운 박수갈채를 받으며 결혼식장에 들어갈 때는 세상을 다 얻은 기분이었을 것이다. 그들의 결혼 생활에 어떤 피치 못할 사연이 있어 예쁜 추억들마저 짐처럼 무거웠을까? 그처럼 행복스러웠던 순간들을 한 장의 종이 값보다도 못하게 기억 속으로부터 지우고 싶은 만큼 부담스러운 웨딩사진이었나 보다.

결혼 생활은 두 사람이 서로 하나가 되어 사랑하고 보듬으며 상대방의 부족한 점을 채워주면서 맞추어가는 것이라고 본다. 각자 다른 환경에서 자란 사람들이 만나 함께 생활한다는 게 참 쉬운 일은 아니다. 가정이란 울 안에서 한 가족을 만들어 가는 것은 그 무엇보다 어렵고 긴 여정이다. 현실에 직면하다 보면 결혼 전 낭만으로 부풀던 사랑은 점차 식어가고 허탈함이 샘물처럼 새어 들기도 하는 것이 결혼 생활이 아닐까 싶다.

기승을 부리던 겨울 바람도 숨이 턱 막히던 미세먼지도 내리고 봄비 속에 조용히 몸을 감추었건만 액자의 두 사람이 바라보는 눈빛 속에는 알 수 없는 애절함과 간절함만이 무언가를 말하는 듯하다.

최화숙

165

삶의 선율

하늘도로 구름도 화창한 6월의 어느 날이었다. 산책 겸 아침시장에 들러 장을 보기 위해 집을 나섰다. 우리 집에서 도보로 한 40분가량 떨어진 곳에 장터가 있다. 새벽시장은 도심에서 좀 벗어난 외각 쪽에 위치하고 있다. 한창 건설 중이라 아파트 건물들이 하나둘 들어서긴 하지만 아직 사이사이 아담한 텃밭을 두고 있는 단독 빌라들이 있어 그나마 시골 맛이 난다.

한참을 걷다 보니 등줄기에 땀이 송골송골 돋아나고 다리도 나른해졌다. 골목을 가로질러 시장 쪽으로 걸어가고 있을 때였다. 정갈한 3층 건물의 앞마당에 지지대를 타고 포도넝쿨이 정말 탐스럽게 감아오르고 있는 것이 보였다. 도심에서 이런 수목원을 만난다는 것은 반갑지 않을 수 없다. 가까이 가보니 숲이 너무 무성해 짙은 녹색을 이루고 있다. 아침 이슬이 갓 걷힌 포도송이들이 대롱대롱 매달려 있는 것이 마치 아기의 눈망울처럼 귀여웠다. 얼른 폰을 꺼내들고 카메라에 담으려는 순간 이상하게 파랗고 길쭉한 것이 사진 속으로 배시시 고개를 내밀고 있다. 내 눈을 의심할 만큼 놀라웠다. 포도나무 줄기를 보아선 벌써 몇 년째 이 자리에서 자란 듯한데 한해살이 오이란 놈이 어떻게 여기에 뿌리를 내린 것인지 참 신기했다.

엄동설한에도 뿌리가 얼지 않고 이처럼 나무의 굵기를 키워가며 재

생한 토실한 포도나무 마디를 보면 주인의 살뜰한 손길이 엿보였다. 그럼 오이 씨는 지난해 누가 먹다 버린 씨앗이 천연덕스럽게 남의 자리에 싹을 틔운 것일 수도 있다. 워낙 식물을 사랑하는 주인을 만났기에 살아 숨 쉬는 생명이라 차마 뽑아내지 않고 사랑을 나누어 주었는지도 모른다. 어쩜 주인은 포도나무보다 오이 넝쿨에 더 손길을 주었을 것이다. 그럼에도 아마 오이는 주인의 손길을 닿을 때마다 자신의 뿌리가 송두리째 뽑히지나 않을까 하는 불안감에 가슴이 조였을 수도 있다. 갑자기 노란 꽃씨를 달고 있는 어린 오이가 안쓰럽다는 생각이 내 눈앞에서 안개처럼 슬쩍 스치고 지나갔다.

어찌 보면 서로 너무 닮은듯 하면서도 닮을 수 없는 포도나무와 오이넝쿨이 어깨 나란히 부둥켜안고 함께 톺아 올랐기에 숲이 더 무성하다는 생각이 든다. 서로 다른 식물이지만 함께였기에 들 고양이나 쥐들의 습격을 당할 수도 있는 칠흙 같은 밤이 무섭지 않았을 것이다. 우레 울고 번개 치는 날 소나기가 사정없이 후려치는 공포의 순간에도 서로 손잡고 담쟁이처럼 지지대를 타고 열매를 열기 위해 무성한 잎을 피워 올렸을 이 녹색 정원이 정말 대견하고 자랑스러웠다.

뭉게구름이 아름다운 건 푸른 하늘이 받쳐주기 때문이라면 우리가 살아가는 삶도 바로 이런 것 아닌가 싶다. 혼자 살기에는 너무 넓은 세상 생존의 법칙이라고 할까, 혼자이면서도 혼자가 될 수 없는 것이 바로 우리의 삶이다. 우리가 살아가면서 서로의 화합과 나눔이 없다면 존재의 가치도 없다. 아무리 대기업의 오너라고 해도 그 아래 업무를 수행하는 부서원들이 없다면 그룹이 돌아갈 수 없는 것이다.

　운명의 지배라고 할까? 어떤 사람은 하는 일마다 술술 잘 풀리지만 어떤 사람은 뒤로 자빠져도 코가 깨진다는 격으로 시작은 거창한데 늘 결과는 나무아미타불인 경우도 있다. 이럴 때 우리는 최선보다 차선을 택해서라도 내 힘이 모자라는 만큼 다른 사람의 힘을 빌려서 앞으로 정진해야 한다. 어떠한 환경에서도 노력은 본인의 선택에 달렸다.

　내 터를 내어준 포도나무도 남의 터에서 자라는 오이넝쿨도 서로 기 싸움하지 않고 각자 종족의 번식을 위해 열심히 넝쿨 손을 뻗혀 지지대를 잡고 오르는 모습이 한 폭의 그림 같다. 마치 서로 포용하고 배려하고 나누면서 살아가는 우리들의 세상 이야기처럼 아름다운 삶의 선율이기도 하다.

그림자 놀이

그림자 놀이

동남문학회

동남문학
스무 번째 이야기

그림자 놀이

동남문학회 지음